야만적인
앨리스씨

야만적인
앨리스씨

황정은 장편소설

문학동네

차례

內

내 이름은 앨리시어, 여장 부랑자로 사거리에 서 있다. 그대는 어디까지 왔나. 그대를 찾아 머리를 기울여본다. 부채꼴로 펼쳐진 거리의 한쪽 모퉁이에서 다른 쪽 모퉁이까지 천천히 훑어본다. 고깃집과 카페와 각종 대리점과 전철역과 백화점이 있다. 사거리 중앙엔 이 지점에 무언가 묻혔다는 표지처럼 열십자로 횡단보도가 그려져 있다. 신호가 바뀌면 사방에서 사방으로 사람들이 길을 건널 것이다. 앨리시어는 그들 가운데서 기다린다. 앨리시어의 복장은 완벽하다. 재킷과 짧은 치마가 한 벌인 감색 정장을 입었고 비둘기 가슴처럼 빛깔도 감촉도 사랑스러운 스타킹을 신었다. 그대는 앨리시어가 걸을 때 정장을 단단하게 차려입은 굵은 골격이 괴상한 방향으로 솟구쳤다 가라앉는 것을 보게 될 것이다. 그대는 앨리시어가 발을 끌며 걷는 것을 보게 될 것이고 불시에 앨리시어의 냄새를 맡게 될 것이다. 담배에 불을 붙이다가 동전을 찾으려고 주머니를 뒤지다가 숨을 들이쉬다가 거리에 떨어진 장갑을 줍다가 우산을 펼치다가 농담에 웃다가 라테를 마시다가 복권 번호를 맞춰보다가 버스 정류장에서 무심코 고개를 돌리다가 앨리시어의 체취를 맡을 것이다. 그대는 얼굴을 찡그린다. 불쾌해지는 것이다. 앨리시어는 이 불쾌함이 사랑스럽다. 그대의 무방비한 점막에 앨리시어는 도꼬마리처럼 달라붙는다. 갈고리 같은 작은 가시로 진하게 들러붙는다. 앨리시어는 그렇게 하려고 존재한다. 다른 이유는 없다. 추하고 더럽고 역겨워서 밀어낼수록 신나게 유쾌하게 존나게 들러붙는다. 누구도 앨리시어가 그렇게 하는 것을 막을 수 없다. 앞으로도 앨리시어는 그렇게 한다. 앨리시어의 체취와 앨리시어의 복장으로 누구에게도 빼앗길 수 없는 앨리시어를 추구한다. 누구의 지문으로도 뭉개버릴 수 없는 앨리시어의 지문을 배양한다. 그대가 앨리시어 때문에 불쾌하고 지루하더라도 앨리시어는 계속할 것이다. 그대의 재미와 안녕, 평안함에 앨리시어는 관심이 없다. 계속 그렇게 한다.

그대는 고모리를 기억하나.
앨리시어는 고모리에서 나고 자랐다. 고모리라는 지명의 유래는 그대도 알다시피 무덤이다. 옛날 옛적에 마을 사람들이 자고 일어나보니 마을 입구에 영문 모를 무덤이 세 개 솟아 있었다. 사연도 묘비도 없이 갓 파헤친 흙으로 덮여 파슬파슬하게 마르고 있었다.
영문 모를 무덤은 아니고 실은, 하며 떠도는 이야기가 있다.
옛날 옛적에 굶주리던 마을 사람들이 아기 셋을 먹었다. 아기를 삶은 뒤 가슴과 엉덩이와 다리를 잘라 나누어 먹었다. 배를 채워 아사를 면한 주민들은 무덤에 관해서는 영문을 모르는 것으로 해두었다. 비참한 뼈들을 숨긴 봉분은 그대로 방치되어 있다가 잡초들 틈으로 사라졌다. 원한을 품고 죽었으니 뼈가 그대로 남아 있을지도 몰라, 이런 이야기를 듣고 앨리시어는 무덤을 찾아 나선 적이 있었다. 무덤의 흔적을 찾아 달렸다. 느슨하게 퍼져나간 집들을 지나 마을 중심을 지나고 하수처리장으로 연결된 두 가닥의 굵은 파이프를 따라 달리다가 하수처리장 공사장으로 접어들었다. 이때쯤엔 무덤이고 뼈고 몰랐다. 가슴에 불이 붙은 듯하고 멈추면 폐가 터질 것 같아 달렸다. 이야, 하며 야트막한 모래언덕을 전속력으로 올라갔는데, 반대쪽 경사면이 생각보다 깊었다. 정점에서 발을 내밀자마자 데굴데굴 굴러서 모래 위에 기세 좋게 꽂혔다. 묵직하고 싸늘해서 눈을 뜨고 보니 이미 밤이었다. 입속에 든 모래를 뱉어내며 사방의 가파른 경사면을 올려다보았다. 어느 방향으로나 사 미터는 넘을 것 같았다. 두 발로 오르고 네 발로 올라보았다. 기어오르고 올라도 흘러내리는 모래를 따라 흘러내릴 뿐이라서 마지막엔 기진맥진한 채로 바닥에 드러누웠다. 모래 흐르는 소리를 들으며 구덩이 속에서 적자색 밤을 올려다보았다. 구덩이 속보다 밤이 더 밝았다. 야, 하고 말하자 회답하듯 사락사락 모래가 흘러내렸다.

그대는 어디까지 왔나.

밤이 되면 앨리시어는 고모리로 돌아간다. 여기 모퉁이에서, 지린내 나는 구정물에 발을 담근 채로 눈을 뜨고 꿈을 꾼다. 그것을 다시 목격한다. 고모리는 멀지 않다. 그대가 사는 곳에서도 멀지 않을 것이다. 서남쪽 방향으로 가는 버스를 타면 간단하게 갈 수 있다. 버스에 실린 채로 얼마쯤 넋을 놓고 있다보면 시내와 시외의 경계인 개활지에 문득 다다르게 될 것이다. 그대는 시 가장자리에 그 정도의 평지가 남아 있는 것을 보고 놀랄 것이다. 이 개활지를 건너 시의 서쪽 모서리가 끝나는 곳에 고모리가 있다. 그대가 가을에 고모리를 방문해보았다면 수제곱킬로미터에 달하는 벌판에서 익어가는 벼를 보았을 것이다. 바람에 흔들리는 가을 벌판은 부드러운 금빛이었을 것이다. 앨리시어는 오늘 오가는 사람으로 북적이는 이 모퉁이에서 그 벌판을 가득 채운 벼들의 물결을 본다. 마른 이삭과 이삭의 마찰음을 듣는다. 아무것도 그리워하지 않으면서 그것을 보고 듣는다.

말해볼까.

고모리에 이제 그런 광경은 없다.

개활지도 벌판도 벼도 사라졌다. 이 모퉁이에서 풀려나간 것들 아래 묻혀버렸다.

다시 말해볼까.

지금 그대가 고모리를 향해 가는 길이라면 그대는 시의 경계를 알아챌 수 없을 것이다. 넓은 도로를 따라 아파트와 아파트가 이어져 있고 이 블록은 저 블록과 그다지 구별되지 않아서 문득 시를 빠져나와도 그대는 시를 벗어났다는 것을 눈치채지 못할 것이다. 개활지, 개활지와 연결된 고모리의 벌판, 그리고 고모리의 집터들은 이제 거대한 주거 단지가 되었다. 사람이 사는 집보다 논의 면적이 더 넓었고 한 집 건너 한 집이 빈집이고는 했던 고모리는 이제 없다. 곳곳의 논두렁과 노란 먼지가 이는 흙길과 이끼가 자라는 골목으로 헐겁게 연결되어 있던 집들은 전부 헐렸고 그 자리에 아파트가 솟았다. 아쉽다거나 안타깝다는 이야기는 아니다. 앨리시어는 때로 시의 경계까지 걸어가 멀리서 그 불빛을 바라본다. 길쭉하게 솟은 건물들의 윤곽을 질리지도 않고 바라본다. 낮보다도 밤에 볼 때 훨씬 좋다. 불빛 위에 불빛이 있고 불빛 아래 겹겹으로 불빛이 있다. 근사한 표석表石이다.

그대는 어디까지 왔나.

앨리시어는 이대로 서서 꿈을 꾼다. 여전히 고모리에 남아 고모리를 반복하는 앨리시어의 꿈을 꾼다. 그것은 백 퍼센트 앨리시어의 뒤통수에서 시작된다. 소년 앨리시어의 뒤통수, 그게 여기 있다. 그의 머리통은 둥글고, 땀과 기름으로 가닥가닥 나뉜 머리털은 먼지가 달라붙어 탁한 빛깔이다. 가늘고 노란 목엔 땀이 돋았고 머리털의 그림자가 짙게 드리워져 있다. 이 난감한 목덜미는 대개, 찌르는 듯한 햇빛에 노출되어 있는 것이다.

개.

그리고 개가 있다. 개는 개장에 있다. 언제까지고 개는 그 속에 산다. 개는 개로 이름이 없다. 하루종일 개장 속에서 움직인다. 검은 발은 언제나 배설물로 젖어 있다. 짖지도 않는다. 앨리시어의 늙은 아버지는 봄에 수컷 개를 빌려와서 개장에 넣는다. 개가 새끼를 배고 낳으면 적당한 크기로 자랄 때까지 인간이 먹고 남긴 것으로 새끼를 먹이다가 여름이나 늦가을에 정성껏 불에 구워 이웃들과 나눠 먹는다. 앨리시어는 개장을 들여다본다. 개가 머리를 낮추고 개장 속을 오간다. 이해엔 새끼를 먹지 않고 남겨두었으므로 개장 속엔 개가 네 마리다.

새끼들은 잠들었다.

개야.

개야.

개가 발톱으로 개장을 긁는다. 긁어도 소용없는 모서

리를 맹렬하게 긁고 뒤로 물러났다가 같은 자리를 다시 맹렬하게 긁는다. 수년째 새끼 잡는 냄새와 기척에 시달려 돌아버렸는지도 모르겠다. 여덟 개나 되는 젖을 덜렁거리며 개장 속을 돌아다닌다. 머리도 크고 몸도 크고 귀도 넓고 다리도 굵다. 발육이 부진한 사내아이 정도는 단번에 쓰러뜨릴 수 있을 만한 힘을 가지고 있을 것이다. 그런데도 개는 인간의 눈치를 살핀다. 엉덩이에 꼬리를 딱 붙이고 새끼들 앞을 오가다 오줌을 싼다.

앨리시어는 개 오줌이 격자망 아래로 흘러내려 흙바닥에 거품을 일으키며 고이는 것을 지켜본다. 갑자기 죽거나 병들어 죽는 경우가 아니라면 일정한 주기로 개장 속의 개는 바뀐다. 새끼를 낳던 개는 팔리고 개가 낳은 개 가운데 골격이 가장 튼튼한 암컷 개가 개의 뒤를 잇는다. 앨리시어는 이 개 이전에 개장을 거쳐간 세 마리의 개를 기억한다. 첫번째 개는 털이 짧은 흰색 개였다. 두번째와 세번째는 얼루기였다. 지금 개의 등과 목에도 짙은 갈색 반점이 있다. 엎드려 자고 있는 세 마리 새끼 가운데 두 마리도 얼루기다. 앨리시어는 개장을 열고 개밥이 담긴 그릇을 넣는다. 개장이 열려도 개는 도망가지 않는다. 새끼가 없을 때도 마찬가지였으니까 새끼 때문은 아닐 것이다. 도망갈 수 있다는 것을 모르는지도 모르겠다. 도망가도 달리 갈 곳이 없다는 것을 아는지도 모른다. 개는 밥을 먹으면서도 경계하느라고 올려다본다. 이마에 주름이 져 울상이다. 울상인 그 얼굴에 윤기가 흐른다. 굵은 다리와 잘록한 옆구리와 커다란 혓바닥 같은 두 짝의 검은 귀에도 기름기가 돈다. 겁을 먹고 도사리는 이 짐승의 몸이 묘하게 육감적이라서 앨리시어는 부끄러움을 느낀다. 털로 덮인 짐승의 몸인데도 인간의 나체와 닮았다. 벌거벗은 것을 보고 있다고 느낀다. 빨리 죽으면 좋을 텐데. 빨리 죽어버렸으면 좋겠다. 앨리시어는 조그맣게 소망하며 개장 문을 닫고 고리를 건다. 개를 물끄러미 내려다보다가 얼굴을 찡그려 개에게 이를 드러내 보인 뒤 개장 앞을 떠난다.

개장 곁에 앨리시어의 집이 있다.
고모리에서도 막다른 곳이다. 서남쪽 도로에서 남쪽

으로 갈라져 나온 가느다란 길은 일단 고모리를 관통했다가 이곳에서 끊긴다. 고모리를 처음 방문하는 사람이 길을 따라 멍하게 차를 몰고 들어왔다가 낭패를 겪는 지점이 바로 여기다. 다른 차원의 세계를 이어붙인 것처럼 문득 도로가 끊기고 논이 시작되는 것이다. 은행나무 한 그루가 논을 향해 기울어진 형태로 서 있다. 이 나무는 고모리에서 자라는 은행나무 가운데 가장 높다. 봄이 되자마자 무수한 잎을 펼쳤다가 가을에 유별나게 샛노래진다. 은행나무로서 그가 그토록 왕성한 것은 뿌리 부근에 개들이 묻혔기 때문일 것이다. 첫번째 개와 두번째 개와 세번째 개와 그 개들이 낳은 개들의 내장, 뼈, 가죽이 전부 그곳에 묻혔다. 은행나무 너머에서 자라는 벼는 누가 먹게 될까. 늦여름 태풍에 쓰러진 벼들이 쓰러진 자리에서 썩어가고 있다. 앨리시어의 늙은 아버지가 그 벼들을 향해 앉아 있다. 왜소한 상반신은 그가 앉은 낚시 의자 속으로 묻혔고 고불고불한 머리털로 덮인 정수리가 등받이 위로 약간 솟아 있다. 먼지투성이 니커보커스를 입은 인부들이 양동이를 들고 그의 뒤를 지나는 참이다. 그들은 시멘트 더미에 자갈과 물을 섞는 작업을 하고 있다. 본래 있던 단층집을 밀어낸 자리에 새집을 짓는 중이다. 집의 완성을 기다리는 동안 앨리시어의 가족은 임시 거처에 머문다. 컨테이너 세 개가 공사장 구석에 놓여 있다. 앨리시어의 어머니가 컨테이너 문을 열어두고 앉아 있다. 부엌과 거실과 방에 나뉘어 놓여 있던 물건들이 이제 뒤죽박죽으로 섞여 있는 컨테이너 속에서 한쪽 발을 바깥으로 내놓은 채 사과를 베어먹고 있다. 앨리시어의 동생이 그녀 곁에 있다. 조그만 유령처럼 얼굴이 창백하다.

오늘 그에겐 공책 한 권이 필요하다.

없어졌어, 라고 그는 말한다.

앨리시어의 동생은 학교에서 말하지 않는다. 어른들 앞에서도 별로 말하지 않는다. 셈이 느리고 대답도 느린데다 그나마 자주 틀려 어른들에게나 동급생들에게나 그는 바보일 때가 많다. 그는 뒷자리에 앉는다. 그의 곁엔 할머니와 둘이서 살고 있는 동급생이 앉는다. 바보 곁에 앉아도 괜찮은 것은 똑같은 정도의 바보뿐으로 그는 앨리시어의 동생보다도 더 셈이 느리고 대답을 자주 틀린다. 바보에 바보. 둘은 다른 아이들이 내킬 때 놀림을 받거나 동정을 받거나 따돌림을 받는 역할을 맡고 있다. 우리 학급에서 바보로 대표. 앨리시어는 그것을 생각해볼 때가 있다. 꼬마 둘이서 이상하게 닮은 듯한 얼굴을 하고 나란히 앉아 있는 광경을 생각해볼 때가 말이다.

저기 형, 할머니랑 사는 애들은 말을 잘 못해.

앨리시어의 동생이 말한다.

주원이 말고 우리 반에 할머니랑 사는 애가 두 명 더 있는데, 둘 다 말을 잘 못해. 둘 다 말을 잘 못하는데 둘 다 할머니랑 살아. 그러니까 그렇게 되는가봐. 할머니랑 살면 말을 잘 못하게 되나봐. 주원이가 말을 잘 못한다고 애들이 바보라고 무시하는데 내가 보기에 걔는 할머니랑 살아서 그런 거야. 걔가 바보는 아니야. 쪽지시험 보면 걔가 내 거 채점하고 내가 걔 거 채점하잖아? 그럼 걔는 별로 틀리지 않아. 과학 공식 같은 거, 우리나라에서 제일 긴 산맥 같은 거, 그런 걸 다 알아. 그럼 바보는 아니잖아? 걔는 그냥 말을 잘 못

할 뿐인데. 애들은 몰라. 근데 나는 안다. 나만 그걸
안다.

됐으니까 부모님에게 감사의 편지를 써보자.
오늘은 그런 수업이 있었고 앨리시어의 동생은 말을
잘 하지 못하는 동급생의 편지를 대필해주었다. 자기
공책 위에 그의 공책을 펼치고 연필을 쥐고 받아 적을
준비를 마치자 말을 잘 하지 못하는 동급생이 조그맣
게 말했고 앨리시어의 동생은 그것을 공책에 적었다.
할머니 키워주셔서 고맙습니다.
…
…
뭐 더 없어?
더?
다른 말 없어?
없어.
이렇게 쓰면 너무 짧은데. 공책이 이렇게 많이 남는데.
다른 말 없는데.
앨리시어의 동생은 고민하다가 그럼 잘라내자고 제

안했다고 말한다. 편지로 사용한 위쪽을 잘라내면 아랫부분은 남겨서 쓸 수 있다. 동급생이 좋은 생각이라며 고개를 끄덕였으므로 앨리시어의 동생은 문장 아래 책받침을 대고 조심스럽게 편지가 될 부분을 찢어냈다. 그 순간 앞에 앉은 다른 동급생이 돌아보더니 소리를 질렀다고 그는 말한다. 얘가 애 공책을 찢는다! 바보 주제에 남의 공책을 찢는다! 그러자 앞자리에서 자기 편지에 노란 꽃을 그리고 있던 계집아이가 뒤를 돌아보고 공책을 휙 낚아챘다.

그럼 너도 당해야지.

니가 애 거 찢었으니까, 너도 찢어져야지, 하며 그 계집애가 단숨에 공책을 찢어 쓰레기통에 던졌다는 것이었다.

그래서 이제 없어, 라고 앨리시어의 동생이 말한다.

앨리시어는 그 이야기를 듣고 배가 아팠다.

멍청한 계집애가 그렇게 했다.

그 계집애는 한 권뿐이었다는 것을 알까. 앨리시어의 동생이 가진 단 한 권의 공책, 그게 그것이었다는 것을 알까. 그가 공책을 아끼려고 필기를 좀처럼 하지 않는다는 것, 때로는 이전에 필기했던 내용을 지우고 지우개질 흔적으로 거칠거칠해진 종이에 다시 필기한다는 것, 그런 걸 알고 있었을까. 몰랐을 것이다. 멍청하니까. 아둔하니까. 알았다고 해도 달라질 것은 없는지도 모르겠다. 맛을 보아야지. 배가 아플 정도로 서글픈 상태라는 것을 모르는 계집애는 맛을 봐야지. 무신경한 인간은 상처를 받아봐야 안다. 찢어져야지. 두고 봐라 너도 찢어져야지.

앨리시어는 주운 막대로 바닥을 마구 찌르며 걷는다. 고모리를 관통해 고미의 집으로 가는 길이다.

피마자가 자라는 모퉁이를 돌아 기울어진 대문 앞을 지나고 찔레나무로 덮인 담벼락을 지나서 지게차가 오가는 페덱스 물류창고를 지나고 냉장 식품을 보관하는 물류창고도 지나서 부패한 햄이 버려진 전봇대 곁을 돌아 옥수수와 고추가 자라는 집터를 스쳐 넓은 논둑까지 빠짐없이 지나야 하는 길이다.

그늘 한 점 없는 논둑에 개가 드러누워 있다.

앨리시어는 쌀과 세탁비누 냄새가 나는 어둑어둑한

가게에 들러 자두 사탕을 산다. 끈적끈적하게 녹아 포장지에 딱 들러붙은 사탕이 담긴 통 속에 손을 넣고 한 움큼 쥐었다가 손안에 두 개를 남긴다. 담배 진열장을 등진 채로 무뚝뚝하게 바라보는 가게 주인에게 손을 펼쳐 보이고 동전 하나를 내민다. 볼이 아래쪽으로 처진 가게 주인은 앨리시어의 손에 놓인 것을 보고 그다음엔 앨리시어의 눈을 본다. 그녀는 앨리시어의 아버지를 알고 앨리시어의 어머니를 알고 앨리시어의 동생을 알고 물론 앨리시어를 안다. 동전을 받으려고 손을 내밀 때에도 금고에 돈을 떨어뜨릴 때에도 그녀는 앨리시어의 얼굴에서 눈을 떼지 않는다. 앨리시어는 아이스크림 몇 가지가 담긴 냉동고를 발로 차고 잽싸게 달린다.

자두 사탕을 입에 넣고 고미의 고물상으로 간다.

고미의 아버지인 고물상 주인은 오늘 고물상에 없다. 트럭을 몰고 고물을 수집하러 나갔는지 그의 트럭도 보이지 않는다. 함석판으로 둘러싸인 마당에 빈병, 연통, 고철, 고무, 플라스틱, 전선 다발, 가전제품, 발라

낼 수 있는 물질을 전부 발라내고 남은 껍데기 들이 쌓여 있다. 날마다 작은 피라미드 규모로 쌓이곤 하는 폐지 더미 부근에 수레 한 대와 너클 크레인 한 대가 녹슨 채 서 있다. 둥근 호박을 갈라놓은 듯한 모양의 집게에 성탄절 장식용 반짝이 줄이 비바람에 닳은 채로 걸려 있다. 앨리시어는 폐지 더미를 뒤져 읽을 것과 공책이 될 만한 종이를 골라낸다. 표지로 사용할 마분지와 내지로 사용할 백지와 재생지, 완성된 노트는 지층처럼 다양한 단면을 가진 노트가 될 것이다. 아래쪽에 눌려 있는 것일수록 습기를 먹고 주름졌다. 가리지 않고 지紙층에 손가락을 넣어 책이며 잡지를 빼낸다. 컬러 페이지를 덮은 먼지를 닦아내고 사진을 들여다본다. 무명지에 은반지를 낀 아시아 남자가 싸움닭의 볏에 입을 대고 상처에서 피를 빨아내고 있다. 전염, 동물계, 새로운 바이러스, 축제, 청록색 페인트를 바른 흙벽 앞에 머리를 땋아내린 여자아이가 권총을 쥐고 서 있다. 앨리시어는 페이지를 넘기고 눈에 띄는 단어를 검지로 짚어가며 읽는다. 기원, 소금, 세상에서 가장, 마그마, 아네모네. 앨리시어는 뻣뻣하게 주름진 책장을 넘겨보다가 잡지와 종이를 껴안고 고물상에 딸린 집으로 들어간다.

고미의 할머니가 리놀륨 바닥에 삶은 고구마를 문대고 있다. 어두침침한 거실에서 낡은 목재와 그녀의 분비물 냄새가 난다. 앨리시어는 그녀를 내버려두고 안쪽으로 들어간다. 고장난 건반이 많아 뚜껑을 닫아둔 피아노가 놓인 좁은 복도를 지나면 고미의 방이 나온다. 문고리는 건드려볼 것도 없이 잠겨 있다. 고미는 아버지의 고물상에서 작은 기계와 옷가지를 훔친다. 기계는 작고 가벼운 것으로. 옷은 색이 예쁘고 무늬나 패턴이 있는 것으로. 그것들을 방에 숨겨두고 입어보고 분해하고 조립하는 것을 들키지 않으려고 항상 문을 잠근다. 앨리시어는 문을 두드리고 기다린다. 고미가 문을 열고 앨리시어를 확인한 뒤 방에 들인다. 서쪽으로 조그만 창이 달렸다. 탁, 각, 탁, 각, 소리를 내며 방바닥을 돌아다니는 물건이 있다. 톱니바퀴들이 고무줄과 나사를 통해 동력 장치에 묶여 있는 덩어리로 테니스 볼처럼 생겼다. 한 개는 이제 막 방을 가로지르는 참이고 다른 한 개는 문턱에 가로막혀 헛돌고

있다. 발로 슬쩍 밀어주자 다시 탁, 각, 탁, 각, 불안정
하게 구르다가 멈춘다. 덩어리 안쪽에 박힌 조그만 전
구가 빨갛게 점멸하다가 맥없이 꺼져버린다. 고미가
두 개의 덩어리를 번갈아 가리키며 말한다.

루돌프 원, 루돌프 투.

사슴이냐.

어.

그렇게 안 생겼는데.

상징 모르냐.

이걸 뭐에 쓰냐.

아무데도 안 써.

그게 포인트, 라고 말하며 고미는 동그란 이마로 흘러
내린 곱슬머리를 쓸어넘긴다.

루돌프 사슴에 영감을 받았다고 그는 말한다.

그거 되게 이상한 노랜 거 아냐?

그래?

루돌프 사슴 코는 매우 반짝이는 코.

만일 네가 봤다면.

그래 그거. 가엾을 정도로 왕따를 당하다가 감투를 쓰고 나니 사랑받게 되었다는 얘기.

그런 얘기냐.

남들하고 다르다고 놀림을 당하고 외톨이로 지냈잖아. 그러다가 산타한테 뽑힌 거잖아. 산타의 썰매에 묶여 한자리 차지하게 된 거지. 그러고 나니 사랑받게 되었다는 이야기 아니야? 루돌프 코는 그전에도 빨갰는데 이제 그 코가 뭔가 쓸모 있다는 것을 보여주니까, 비로소 사랑받는 빨간 코가 되었다는 거지. 게다가 길이길이 기억되기까지. 치사한 노래다.

그래.

너 내가 나중에 꼭 하고 싶은 게 뭔지 알아?

뭔데.

감투를 쓸 거다.

뭐하려고.

다른 모든 사슴들한테 니들은 다 멍청이 같다고 말해줄 거야.

그런 말 하는 데 감투까지 쓸 필요가 있냐.

필요하지, 필요해. 왜 필요하냐면, 그냥 코가 빨간색일 뿐인 사슴의 말은 아무도 들어주지 않으니까. 루돌프여야지. 한자리하는 루돌프. 다들 그래야 들어줄걸.

그럼 해라.

그래 할 거다.

꼭, 하고 덧붙이며 고미는 드라이버를 쥐고 낡은 녹음기에 박힌 나사를 돌린다.

*

고모리에 비가 내린다.

논둑에 드러누운 개의 몸통이 비에 축축해지고 납작해진다.

하수처리장의 저수조를 덮은 뚜껑에도 비는 쏟아지고 있을 것이다.

고모리는 언뜻 보았을 때는 평지지만 북쪽에서 남쪽을 향해 완만하게 기울었다. 비가 내리면 빗물이 이 완만한 경사를 타고 흐른다. 빗물은 바닥에 달라붙은 듯한 물살이 되어 고모리를 훑고 때로는 곳곳에 무릎까지 잠기는 웅덩이를 만들어내곤 한다.

모자라도 쓴 것처럼 이 경사의 정점에 하수처리장이 있다.

생활하수에서 걸러낸 찌꺼기를 농축시켜 건조하는 시설이다. 수십 킬로미터의 철조망으로 둘러싸인 평지로 저수조와 저수조 사이에 연한 빛깔의 잔디가 자란다. 철조망 안쪽엔 벚나무가 여러 그루 자라고 있어 봄이 되면 비늘 같은 꽃잎이 바람을 타고 사방으로 흩어진다. 평화로운 광경이지만 이 모든 것들 아래 구정물이 있고 그 물을 걸러내 버릴 수 있을 만한 상태로 만들어내는 복잡한 공정이 작동하고 있다. 그 공정 가운데 눈에 보이는 것이라곤 저수조의 뚜껑뿐이다. 둥글고 네모나고 거대한 금속 뚜껑들이 잔디가 자라는 드넓은 공간에 규칙적으로 배열되어 있다. 날이 맑을 때 보면 이제 막 착륙한 비행접시들처럼 반짝거린다. 산뜻하고 깔끔해 보이지만 때때로 고모리를 뒤덮는 악취의 근원이 되는 시설이다. 보강과 증축을 거쳐 서너 해 전부터 시에서 발생하는 하수까지 처리하는 광역 시설로 사용되고 있다. 처음에 그 계획이 발표되었

을 때는 고모리가 소란스러웠다. 세대수가 적어 우습
게 보는 것이냐며 고모리 스무 가구의 대표들이 시청
으로 몰려가 항의했다. 더 많은 양의 하수는 더 많은
양의 위협이고 불리不利다. 결사적으로 반대하고 막을
거라던 다짐이 대단했으나 오래전부터 말만 있던 재
개발사업이 구체적으로 진행될 것이라는 이야기가
돌면서 처리장 증축에 대한 관심은 사라졌다.

짧은 공사를 거쳐 광역 시설이 된 뒤에도 하수처리장
의 냄새는 여전하다. 어쩌면 모두가 우려한 대로 더한
지도 모르겠다. 특정한 기상 조건이 되면 어딘가의 틈
으로 새거나 어딘가에 밴 냄새가 고모리를 뒤덮는다.
냄새는 투명한 안개처럼 불시에 고모리에 고여 사람
들의 점막에 들러붙는다. 그런 날엔 문을 닫고 틈을
여며도 속수무책이다. 입을 다시면 맛이 느껴진다. 그
러나 크게 상관할 일은 아니다. 고모리에 대규모 주거
단지가 들어설 것이다. 변화가 닥칠 것이고 냄새의 양
태도 그것과 더불어 달라질 것이다. 더러 불쾌한 일이
있더라도 그 감당은 새롭게 고모리에 들어올 사람들,
다른 사람들의 몫이 될 것이다.

낡은 집들은 돈이 될 것이다.

고모리에 비가 내린다.

앨리시어는 컨테이너 속에서 빗소리를 듣는다. 싸늘하게 식은 얼굴을 담요 밖으로 내밀고 어두컴컴한 천장을 바라본다. 떨어지는 빗물에 직접 닿고 있으므로 천장은 차가울 것이다. 금속 상자의 윤곽을 따라 빗물이 흐르고 있을 것이므로 벽도 바닥도 싸늘할 것이다. 앨리시어의 동생이 어둠 속에서 담요를 끌어당긴다. 앨리시어의 몸을 덮은 담요가 그쪽 방향으로 툭, 끌려간다. 앨리시어는 끝없이 내리는 비를 생각한다. 단단하고 길쭉한 침처럼 지상을 향해 꽂히는 빗줄기다. 비가 내려 좋다. 이렇게 비가 올 때 이 방은 안전하게 고립된다. 바깥이 비로 촘촘하게 닫혀 있으므로 누구도 무엇도 이 방에 접근할 수 없다.

씨…발… 앨리시어의 어머니가 말한다.

그녀는 오늘 검은 집 여자의 방문을 받았다. 마을에서 가장 넓은 마당과 가장 좋은 나무와 가장 비싼 자재를 들여 만든 집과 가장 검은 대문을 가진 그녀는 해가지고 난 뒤에 컨테이너를 방문해 자기네 담 바깥으로 늘어진 감나무 가지에서 감을 훔쳐가는 손에 관해 말했다. 며칠을 두고 봤는데, 라는 말로 시작해서, 막대를 사용해 막무가내로 가지를 두드려 감을 떨어뜨리고 나뭇가지를 부러뜨리는 소년에 관해 침착하게 설명했다. 별다른 대꾸도 없이 그녀가 하는 말을 흥미롭게 들은 앨리시어의 어머니는 그녀가 돌아간 뒤 별다른 감흥 없이 앨리시어의 뺨과 목을 때려 컨테이너에 가둔 뒤 검은 집 여자, 고상한 척을 하는 그년에 관해 말하기 시작한다. 그년은 일부러 그랬어 애새끼 하는 것은 두고 보고 내가 난감해하는 것을 직접 보고 싶어 집으로 찾아왔을걸? 씨…발…년이 사람을 가르치려 들고, 응? 새끼가 교수라고 어느 틈엔가 저도 교수다 못 배우고도 교양 있는 척 여우를 떠는 위선적인 년 그런 년이 고개를 빳빳이 들고 다니는 세상이라니 응? 잘난 것도 없이 잘났다고 떠드는 걸 내가 들어가지고 씨발, 하고 말한다. 앨리시어와 앨리시어의 동생이 씨발을 듣는다.

앨리시어의 어머니는 씨발을 그냥 말하지 않는다.

그녀가 그년을 씨발년이라고 말할 때 그년은 진정 씨발이 된다. 백 퍼센트로 농축된 씨발, 백만년의 원한을 담은 씨발, 백만년 천만년은 씨발 상태로 썩을 것 같은 씨발, 그 정도로 씨발이라서 앨리시어는 그녀가 씨발, 하고 말할 때마다 고추가 간질간질하게 썩는 듯하고 손발이 무기력해진다. 앨리시어의 아버지로부터는 아무런 기척이 없다. 앨리시어는 그를 생각한다. 씨발 속에 잠자코 누워 있을 그 남자를 생각한다. 그는 벌써 잠들었는지도 모르겠다. 잠들었으므로 말이 없는지도 모르겠다. 잠들었다면 꿈을 꾸고 있을 것이다. 이제 곧 오고 말 날에 관한 꿈을 꿀 것이다. 앨리시어의 아버지는 조만간 완성될 새집을 가장 적당한 가격으로 공사에 팔게 될 날을 소망하고 있다. 그는 꿈에서 그 순간을 볼 것이다. 그때가 언제일지 그게 모두 얼마일지 꿈속에서도 궁금할 것이다.

형.

…

형.

…

번개 친 거 봤냐, 새벽에.

…

봤냐고.

못 봤다.

못 보고 뭐했어.

…

잤냐.

잤다.

에이, 자지 말고 보지.

…

형, 오늘 개 봤어?

…왜.

봤냐고.

봤다.

보지 말고 자지.

뭐?

보지 말고 자지.

자지 말고 보지, 보지 말고 자지, 자지, 자지 말고 보

지, 보지, 하고 앨리시어의 동생은 웃는다. 앨리시어
가 내던진 베개에 얼굴을 맞고도 멈추지 않는다. 기침
을 하고 더 웃고 숨을 고르느라 한동안 말이 없다가
그가 말한다.

형.

…

형.

…

자냐 형.

자냐고, 씨발.

씨발이라고 하지 마라.

왜.

…

형.

…

불 켤까?

자라.

잠이 안 오는데.

자라고.

안 오는데 어떻게 자냐 잠을.

어쩌라고.

나 애기 하나만.

…

듣다가 자게 하나만.

…

형.

…

형.

아 씨발.

씨발 하지 말라면서 자긴 씨발거리냐.

하나만 한다.

어.

들어라.

어.

제대로 들어.

어.

애새끼가 있었다. 애새끼는 자기 어머니가 여우라고
생각했다. 왜냐하면 어머니의 얼굴이 이상해질 때가
있었기 때문이다. 애새끼가 보기에 밤에 불을 끄고 나
면 특별히 더 이상했다. 어둠 속에서 코라거나 입의
윤곽이 아무래도 사람의 것이라기보다는 주둥이라
서, 눈도 길어 보이고, 귀도 길어 보이고, 아무래도 여
우라서, 밤에 그 얼굴을 빤히 바라보는 일이 많았다.
이상하다, 이상하다, 이러면서 어머니를 보면 어둠 속
에서 그녀도 애새끼를 빤히 바라보았다. 그러던 어느
밤이었다. 애새끼는 용기를 낸 거야. 만져보려고 팔을
뻗어본 거야. 기다란 주둥이에 손을 대본 거야. 그러
자 구훗, 하고 어머니가 웃었다.

굿?

여우는 그렇게 웃는 거야.

여우였나!

진정한 여우였던 거지. 여우가 애새끼 손을 잡으면서
굿, 하고 웃었다. 들켰나, 여우라는 것을 들켰나, 하고
여우가 말했다. 나는 여우다, 오래전부터 뼛속 깊이
여우다, 애새끼 손을 잡은 채로 여우가 말했다. 나는

말이야, 나처럼 뼛속 깊이 여우인 여우들이 인간인 척 마을을 꾸리고 사는 작은 마을에서 살고 있었다. 그런데 어느 날 그 마을에 네 아버지가… 한 청년이… 목욕 봉사를 하러 마을로 들어왔던 거야, 하고.

목욕 봉사?

사람들을 목욕시켜주는 일 말이야 새끼야.

어.

어디까지 했냐. 청년이, 그 청년이, 뭐라 그랬겠냐. 솔이며 비누가 담긴 자루를 메고 그 마을에 들어선 청년이 뭐라고 그랬겠냐고. 왔나이다, 하지 않았겠냐.

왔나이다, 가 뭐야.

옛날이니까.

옛날엔 그렇게 말했어?

옛날이니까. 왔나이다, 왔나이다, 목욕 봉사 왔나이다, 하고 등장하니까, 자기들의 마을을 꽉 닫아두었다고 믿었던 여우들로서는 허를 찔렸다고나 할까, 놀라지 않을 수가 없었지 않았겠냐. 여우들이 어땠겠냐, 뭐라 그랬겠냐, 먹어버리자, 먹어서 치워버리자, 그러지 않았겠냐. 하지만 여우들은 그 청년이 마을을 돌아다니며 하는 것을 일단 지켜보기로 했다. 그런데 여우라는 것이 또 호기심이 대단해가지고, 모처럼 마을에 들어온 인간이 목욕을 도와주러 다닌다는데, 그렇다면 목욕을 받아볼까, 하고 여기저기서 드러누워버렸던 거였다. 그래서 어떻게 되었나요, 하고 애새끼가 묻자, 네 아버지는 집집마다 찾아다니며 성실하게 목욕을 도왔단다, 하루만으로는 끝나지 않아서 사흘이 지나고 나흘이 지나고 닷새 엿새, 그렇게 보름 동안이나 목욕을 도왔단다, 하고 여우가 말했다. 여우는 처음부터 그를 따라다니며 전부 지켜보았다는 거였다. 여우는 뭐랄까, 마을 여우들과는 뭔가 다른 그 청년이 좋았다는 거야. 그래서 여우는 청년이 마을을 떠나던 날에 몰래 따라나섰다는 거야. 마을을 벗어나자마자 청년의 앞으로 나서서 엎드리며 이렇게 말했다는 거야. 반했나이다.

옛날이니까.

옛날엔 뭐든 그렇게 말했을 거니까, 반했나이다, 반하고 말았나이다. 그걸 듣고 청년은 어땠겠냐, 곤란했겠지, 뭐래, 이러면서, 곤란했겠지. 하지만 본색이 여우고 진정 예뻤으니까, 여우를 결국 집으로 데려갔고, 그뒤로, 새끼를 낳은 거지.

…

…

그래서?

뭐?

새끼를 낳고, 그래서?

그래서… 새끼를 먹이는 거지.

새끼가 뭘 먹는데?

고기 먹겠지.

나도 고기.

고기도 먹고 과자도 먹고 사탕도 먹고 엄청나게 먹어대니까 가난하지 않았겠냐.

그럼 가난해?

고기랑 과자랑 엄청 비싸니까. 청년의 인간적인 부모형제누이들이 그걸 보고 뭐라고 했겠냐. 진정 인간적으로 보란듯 가르쳐놨더니 그 많은 암컷 가운데 돈이고 뭐고 없는 여우를 데려왔다, 이러고 지랄하지 않았겠냐. 여우로서 맨몸으로 시집을 온 처지에 염치도 없이 덜컥, 고래 같은 새끼를 낳아서, 그 두 개의 입을 한 번에 먹이느라고 자신들의 형제가 얼마나 고되겠느냐고 틈만 나면 여우를 잡으려 들지 않았겠냐. 서방 잡을 년, 씨발년, 썅년, 여우 같은 아니 진정한 여우년, 세수할 때 비누 세 번 비빈다고 씨발년, 국 끓일 때 소금 넣는다고 썅년.

그건, 그건 그 얘기다.

뭐.

우리 뒷집 아줌마, 그 집 얘기다.

아니다.

그 집 얘긴데. 그 집 할머니가 그 집 아줌마한테 맨날 그랬는데.

하지 말까.

아니야.

안 해 새끼야.

아니야 그래서?

…

형 그래서.

그래서 썅…년… 씨…발…년… 하도 그런 말을 들으

니까 여우가 어땠겠냐. 와 내가 정말 씨발년인가, 나는 진정 쌍년인가, 서방을 잡을 년인가, 생각하지 않았겠냐.

어.

그래서 서방이 죽고 말았을 때.

뭣, 그 아저씨도 죽냐.

죽고 말았을 때, 여우는 생각하지 않았겠냐. 서방의 부모형제누이들이 말하는 대로 내가 먹었나, 나도 모르는 틈에 서방을 내가 잡아먹었나. 공허하도다, 하고 여우는 울지 않았겠냐. 울고 울고 울어서 여우의 얼굴이 되었다가 인간이 되었다가 하니까, 서방의 형제들은 조문객들에게 여우를 보이지 않으려고 방에 가두었던 거야. 여우가 날뛸지도 모른다는 이유로 방에 가둬두고 서방의 시신도 보여주지 않았던 거야. 마지막 가는 길이니 보여달라고 애원을 해도 보여주지 않아서, 여우는 장례가 진행되는 내내 그 방에서 공허하도다, 울다가 마침내 마음먹었다. 먹어주마. 먹지 않아도 먹었다, 먹어도 먹었다, 라는 소리를 들을 바엔 내 차라리 너희를 먹어주마. 여우는 기다렸다. 장례식이 끝나고, 인간들이 자신을 가둬둔 방의 문을 여는 때를 기다렸던 거다. 마침내 문이 열렸을 때, 여우는 진정한 여우가 되어서, 씨발, 이러면서, 인간을 덮쳤던 거다. 씨발 쌍년의 맛을 보여줄까, 씨발의 맛을 보여줄까, 씨발, 내가 씨발, 나는 씨발, 이러면서 온 집안을 완전 씨발 상태로 만들어버리고 씨발 사라져버렸다는 이야기.

어어.

잘 들었냐.

어.

알겠냐 너.

어?

씨발, 이라고 자꾸 들으면 씨발, 이 된다는 거.

어.

씨발, 이라고 자꾸 말해도 씨발 된다 너.

왜?

말하면서 자기 말 듣게 되잖아, 씨발 씨발, 하고.

오.

…

형 그럼 뒷집 아줌마는 여우가 된 건가? 이제 여우라서 안 보이는 건가?

몰라 새끼야.

…

…

형.

…

형은 나더러 새끼라고 그러잖아.

새끼니까.

새끼냐.

새끼지 니가 그럼 아빠냐.

그럼 형도 새끼다, 나도 형더러 새끼라고 할 거다, 형새끼, 새끼 형.

이 새끼가.

…

…

형.

…

그래서 여우 새끼는 어떻게 되냐.

44

그래서… 그리고… 새끼는 자라고 너는 자는 거지.

…

자라.

자라, 라고 앨리시어는 말한다.

그대는 어디까지 왔나. 앨리시어의 입에 빗방울이 떨어진다.

앨리시어와 그대가 사는 이 도시에도 비가 내리고 있다. 빗물은 분진이 섞여 거칠거칠하고 탁하다. 수일째 건조하게 부서져가고 있던 도심의 상공에 마침내 비가 내리고 있는 것이다. 빗물은 차가운 폭탄처럼 떨어져 마침내 도시를 채운다. 앨리시어의 구두와 스타킹과 발가락이 빗물에 잠긴다. 그대는 어디까지 왔나.

앨리시어는 꿈을 꾼다. 과거의 앨리시어와 현재의 앨리시어, 수면의 바로 위와 바로 밑처럼 순식간에 모든 순간을 오가는 그를 꿈꾼다. 여기 그 순간들이 있다. 앨리시어의 꿈 말이다. 현재의 앨리시어가 불쑥 터져나오는 과거이고 과거의 앨리시어가 창백한 싹처럼 문득 돋아나는 현재이다. 앨리시어는 지금 어디에 있

나. 그는 지금 모퉁이에 서 있다. 설탕 가루로 장식한 케이크와 과자가 놓인 유리 진열장을 통해 그는 그의 얼굴을 본다. 타오르는 불이라곤 한 점도 볼 수 없는 이 거리에서 발생한 검댕으로 그의 얼굴은 상당히 검다. 그의 뺨, 팔뚝, 손마디의 피부가 마른 떡처럼 하얗게 굳은 채로 갈라져 있다. 그는 몇 살일까. 상당히 늙었을 것이다. 언제나 꿈꾸고 있으므로 전혀 늙지 않았는지도 모른다. 자라, 라고 그는 말한다.

고모리에 비가 내린다.
동생은 이제 잠들었다. 그의 숨소리가 들린다.

개가 개장 속에서 움직인다. 개는 비에 젖었을 것이다. 함석으로 지붕을 만들어두었어도 워낙 지면에 가깝게 설치돼 있어 비는 얼마쯤 개장 안으로도 들이쳤을 것이다. 개는 개장 바닥을 통해 빗물이 흐르는 바닥을 보고 있을 것이다. 물살에 얹혀 개장이 통째로 어디론가 떠내려가고 있다고 생각할지도 모른다. 개는 불안할까. 앨리시어는 싸늘한 이불깃으로 코를 덮

46

고 천장을 올려다본다. 희박해졌다가 다시 세차게 컨테이너를 휩쓸고 가는 빗소리를 듣는다. 비는 어떨까. 비에서도 악취가 날까. 하수처리장의 깊은 저수조에서 증발해 구름으로 모였다가 고모리를 향해 낙하하는 비는 더러운 냄새를 풍길 것이다. 그건 말하자면, 노란색일 것이다. 비는 노랄 것이다. 노란 냄새를 풍기며 말이다. 노란 비를 담뿍 맞은 개로부터 태어난 새끼도 노랄 것이다. 그것을 때가 되면 앨리시어의 어른들이 먹는다. 그 몸도 노랄 것이다. 노래라.

노래라.

노란 인간이 만들어낸 인간은 어떨까.

노랄까.

개처럼 노랗고 개 새끼처럼 노랄까.

앨리시어는 내일 동생의 노트를 찢어버린 정의로운 계집애를 꼬드겨 찢어버릴 계획을 세운다. 계집애가 알지 못하는 틈에 뒤에서 밀어버리고 싶다. 그럴 수도 있겠지만 그런 것은 싱겁다. 앨리시어는 그 계집애가 그 일을 잊지 않았으면 한다. 부지불식이 아니고 인과의 과정으로, 똑똑히 기억해두고 잊지 않기를 바란다.

내일 앨리시어는 그 계집애를 따라다닐 것이다. 국수를 먹게 해주겠다고 꾀어낼 것이다. 학교를 떠나 양복점과 자전거포와 포목점을 지나 소방펌프가 있는 모퉁이에서 좁다란 골목으로 접어들 것이다. 그 골목에서 계집애는 찢어질 것이다. 앨리시어가 그렇게 할 것이다. 그렇게 할 수 있는 순간에 틀림없이 그것을 할 것이다. 똑같이 찢어져야지. 그 계집애뿐 아니고 동생을 건드렸던 그 새끼와 그 새끼와 그년을 남김없이 그골목으로 이끌고 가서 모조리 찢어버릴 것이다. 회복이 불가능할 정도로 잘게 찢은 뒤 그 골목에 모두 묻어버릴 것이다. 그리고 마지막엔 동생을 묻자. 앨리시어는 누구보다도 이 새끼가 싫다. 너무 약해서 징그럽다. 그는 병신이고 똥이다. 바지에 똥을 싼 채로 돌아온 적이 있었다. 똥이 마려웠는데 수업시간에 손을 들기가 어려워 그냥 쌌다는 것이었다. 그가 앉은 자리에서 냄새가 번져 아이들이 코를 쥐며 그를 돌아보았고 선생은 바지에 배변한 죄로 그의 책상과 의자를 교실 구석으로 밀어두었다. 그는 수업이 끝날 때까지 자기가 눈 똥 위에 앉아 있다가 집으로 돌아왔다. 앨리시어의 어머니는 옷을 벗겨서 그를 마당에 세워두고 개장을 씻는 데 사용하는 호스로 물을 뿜어 엉덩이에 말라붙은 똥을 씻어냈다. 높은 수압에 그가 고통을 느끼고 마당 구석으로 도망가자 그를 물줄기로 쫓아다니며 웃었다. 병신 같은 새끼가 쌀 때까지 가만히 앉아 있었네? 세계에 그런 병신은 오로지 너뿐일 거다, 라고 빈정거렸다. 거기까지만 해도 재미 이상은 아닌 듯했는데 저녁에 다시 시작했다. 뭐가 유별나게 거슬렸는지 그를 도로 마당으로 끌어내서 몸을 밀치고 당기며 화를 내기 시작했다. 그녀는 그럴 때가 있고 그럴 땐 멈추지 않는다. 그럴 때 그녀는 어떤 사람이라기보다는 어떤 상태가 된다. 달군 강철처럼 뜨겁고 강해져 주변의 온도마저 바꾼다. 씨발됨이다. 지속되고 가속되는 동안 맥락도 증발되는, 그건 그냥 씨발됨이라고 말할 수밖에 없는 씨발적인 상태다. 앨리시어와 그의 동생이 그 씨발됨에 노출된다. 앨리시어의 아버지도 고모리의 이웃들도 그것을 안다. 알기 때문에 모르고 싶어하고 모르고 싶어하기 때문에 결국은 모른다. 앨리시어가 그녀의 씨발됨을 설명할 수도 있을 것이다.

그녀나 아버지에게 들은 이야기를 반영해 이렇게 말
해볼 수도 있을 것이다. 그녀는 너무너무 배우기를 원
했으나 배우지 못했고 그녀 자신도 아버지로부터 누
구 못지않게 맞으며 자란 뒤엔 요릿집 주방으로 보내
졌으며 매달 아버지에게 월급을 빼앗겼고 참다못해
벌인 월급 투쟁에서 발가벗겨져 집밖으로 쫓겨나 눈
속에 서 있어야 했다. 그녀는 그걸 잊지 못해 괴로운
것이다.

웃기시네.

그렇게 말하고 싶은 앨리시어는 꺼져라.

그렇게 할 때 그녀는 그렇게 하고 싶어서 그렇게 하는
거라니까. 그런 순간에 그녀는 한 점 빗방울처럼 투명
하고 단순하다. 때리고 싶어서 때리는 거야. 때리니까
때리고 싶고 때리고 싶으니까 가속적으로 때린다. 참
지 못한다기보다는 참기가 단지 싫은 것이다. 때려서
는 안 된다는 당위를 내면에 쌓는 일이 귀찮고 구차해
이것도 저것도 마다하고 때리는 데 몰두하는 것이다.

추웠을 것이다.

눈 속에 알몸으로 서 있어야 했던 밤에 그녀는 추웠을 것이다.

속옷 정도는 입었을 것이다. 여자아이니까 그 정도는 남겨두었을 것이다. 그녀의 가느다란 발은 눈을 밟고 있다. 발가락은 눈이 묻은 채로 빨갛고 발등은 파랗다. 발목도 넓적다리도 거의 따뜻하게 여겨질 정도로 차갑다. 입술 끝은 주먹에 짓눌려 자줏빛이고 머리카락은 눈에 젖어 검게 가라앉았다. 그녀는 혹시나 있을지 모를 행인을 피해 집 뒤쪽으로 돌아가서 굴뚝에 몸을 붙인다. 너무나 고통스러워 생각을 정지하고 머리를 비운 채로 차가운 밤하늘에 박힌 별과 달을 본다. 아무것도 생각하지 않는다. 그녀는 그 자리에서 몇 시간을 버티다가 몰래 집으로 들어간다. 그녀의 형제자매들과 아버지는 잠들었다. 그녀는 이불 밖으로 조그맣게 삐져나온 어머니의 머리통을 본다. 누구보다도 어머니를 골똘하게 내려다본다. 아버지의 매질은 상시적이고 일상적이라 더는 새롭거나 궁금할 것도 없다. 그는 그렇게 하고 싶은 사람이고 그렇게 하고 싶을 때 그렇게 하며 살다가 언제고 죽을 것이다. 그녀는 그보다 어머니가 궁금하다. 어머니는 왜 아무것도 하지 않을까. 왜 내다보지도 않았을까. 왜 나를 들여보내려고 노력하지 않았을까. 죽고 싶을 정도로 나는 씨발 추웠는데 왜 나를 궁금해하지도 않는 얼굴로 자고 있나. 식구들이 저녁으로 먹고 남긴 수제비 냄새와 낡은 이불깃과 잠든 인간들의 냄새가 섞인 따뜻한 공기 속에서 아주 조용하게 씨발년이 발아한다. 씨발년은 아버지 곁에서 편안하게 잠든 어머니를 내려다본다. 씨발년의 어머니는 작고 조용한 사람이다. 일본에서 재봉을 배우고 돌아와 바느질 솜씨가 좋고 순종적이며 난폭한 말이나 행동은 하지 않는다. 귀한 사람들처럼 희고 얇은 피부를 가진 그녀는 나쁜 짓을 하지 않는다. 달걀처럼 순진하고 무구하다고 할 수 있는 정도랄까. 그녀에 관해 물으면 열 가운데 적어도 아홉은 그녀를 선한 사람이라고 말할 것이다. 그녀는 훔치지 않고 거역하지 않고 목소리를 높이는 법이 없다. 부지런하고 어디서나 존재감 없도록 겸손하고 사람들이 웃을 때 함께 웃는다. 그녀가 가장 행복하고 평화로워보일 때는 평화롭고 행복할 때다. 기생들과 즐기고 놀다 돌아온 가장이 신문지에 싸서 가져온 쇠고기나 꿩고기로 고깃국을 끓여 식구들이 모두 앉아 그것을 먹을 때다. 그녀는 배부르고 평온하다.

포스트 씨발년을 탄생시킨 씨발년이다.

앨리시어의 씨발년이 앨리시어의 동생을 때릴 때 앨리시어는 앨리시어가 지닌 씨발을 다 동원해 워리어가 된다. 씨발 워리어는 돌진한다.

돌진하고 돌진한다.

씨발 그에게 패배란 없다.

거짓말이다.

패배할 짬도 없이 그는 그때가 지나가기를 기다린다.

밤은 곧 지나갈 거니까.

자라, 라고 앨리시어는 말한다.

*

논둑에 개가 있다.

이 개는 앨리시어의 개장에서 자라는 개들과는 닮지 않았다. 몸도 작고 다리도 짧다. 털은 더 길고 북슬북슬하게 엉겼다. 개는 얼마 전부터 그곳에 있었고 간밤에 내린 비에 쓸려가지 않고 논둑에 남았다. 빗물에 젖은 배가 조금 부풀었다. 개는 무료하고 평화로워 보인다. 입 밖으로 혀를 조금 내민 채 드러누워 있다. 턱 밑에 고인 검붉은 웅덩이만 아니라면 개는 낮잠을 자는 것처럼 보인다.

앨리시어의 식구들이 그 개를 넘어 논둑을 걸어간다. 아버지, 어머니, 앨리시어와 그의 동생. 발에 들러붙는 끈적끈적하고 좁은 흙길을 일렬로 걸어간다. 앨리시어의 아버지가 선두에 섰다. 재킷과 바지를 말쑥하게 차려입고 아침부터 식구들을 재촉해 나선 길이다. 조그맣고 동그란 머리엔 그가 먼 거리로 외출할 때 쓰는 헌팅캡이 얹혀 있다.

그는 나서서 자기 얘기를 하지는 않지만 누가 물으면

신이 나서 대답한다. 그는 전쟁에서 살아남은 사람이
다. 농부의 자식으로 자라다가 북쪽에서 남쪽으로 피
난하는 행렬에 섞였다. 모두 죽거나 흩어지고 외숙모
와 그만 남은 뒤였다. 그는 기회만 있으면 자신을 버
리려는 외숙모에게서 떨어지지 않으려고 죽을힘을
다해 걸었다. 먹을 것도 제대로 나눠주지 않는 젊은
외숙모에게서 눈을 떼지 않고 부지런히 걸었으나 큰
산불을 만나 결국 버려졌다. 아래쪽에서 바람을 타고
번져오는 불길을 피해 산 정상까지 정신없이 오르고
보니 혼자였다는 것이었다. 오르막에서 불길에 따라
잡힌 그는 바닥에 쌓인 낙엽과 나뭇가지를 맨손으로
쓸어내고 흙을 들어낸 뒤 자신이 만든 동그라미 안에
들어가 엎드렸다. 불은 그의 동그라미 가장자리를 쓸
며 지나갔고 그는 살아남았다. 그뒤로 혼자 걸어서 남
쪽에 당도한 그는 여기저기를 떠돌며 얻어먹고 살다
가 고모리에서 머슴이 되었다. 고모리에 그나마 사람
이 살았던 시절의 이야기야.

그 시절에 그를 머슴으로 고용했던 남씨 일가는 이제
고모리에 없다. 그들의 집도 예전에 무너지고 없다.

그 집에 살던 사람들은 도시로 이주해 온갖 실패를 경험하고 남은 돈으로 큰 고깃집을 운영하고 있다. 앨리시어의 아버지는 일정한 주기로 그 집을 방문해 고기를 사 먹고 돌아온다. 마찬가지의 주기로 식구들을 거느리고 방문하는 날도 마련되어 있다. 가족이라고 앨리시어의 아버지는 말한다. 가족이나 다름없는 사람들이다. 전쟁으로 모두 먹고살기 어려울 때 내게 먹을 것을 주고 잠잘 곳을 주고 일자리를 준 집이니 때마다 찾아뵙는 게 인정이고 도리다.

앨리시어의 어머니가 그의 뒤를 따르고 앨리시어와 앨리시어의 동생이 그 뒤를 따른다. 앨리시어의 어머니는 초록색 외투를 입고 립스틱을 발랐다. 논둑을 벗어나 정류장까지 걷는 동안 그녀는 얌전하게 남편의 뒤를 따른다. 그들은 잎이 다 떨어져나간 가로수 밑에서 버스를 기다린다. 마찬가지로 버스를 타려고 정류장으로 나온 고모리 주민이 그들 내외에게 다가온다. 그녀는 노인에게 집 공사가 어디까지 진행되었느냐고 묻고, 조그만 입을 오므리고 새침하게 벤치에 앉아 있는 그의 아내를 흘끔거린다. 겨울 되기 전에는⋯

앨리시어의 아버지가 대답을 완성하기도 전에 버스가 당도해서 그들은 올라탄다. 버스가 텅 비어 그들은 각자의 자리를 골라 앉을 수 있다. 앨리시어가 그의 동생과 나란히 앉고 앞쪽에 그들의 부모가 앉는다. 말 한마디 없이 덜컹거리며 실려가는 동안 앨리시어는 앞에 앉은 사람들의 뒤통수를 노려본다. 사람의 뒤통수란 어쩌면 저렇게 기묘하게 생겼을까.

형.

앨리시어의 동생이 속삭인다.

우리 오늘 고기 먹냐.

…

고기 먹냐고.

넌 고기가 좋냐.

형은 싫으냐.

너나 많이 먹든가.

지금 우리 그 집 가냐.

…

그 집 고기는 싫다.

…

냄새난다.

…

소 잡는 냄새 나.

…

부엌에서 막 잡나봐. 피냄새랑 지린내랑 소똥 냄새,
다 난다.

…

소 죽는 냄새 같은 거, 형.

그런 냄새가 어딨어.

왜 없냐.

그 냄새를 니가 진짜 맡아봤냐고 새끼야.

정오쯤에 그들은 고깃집에 도착한다. 건넛집이다. 정
말 그렇게 쓴 간판을 달았다. 앨리시어의 식구들이 건
넛집으로 들어간다. 토끼털 조끼를 입은 여자가 입구
를 향해 어서 오시라고 말하다가 미간을 찡그린다. 건
넛집 주인인 그녀가 별로 달가워하지 않는 기색으로
머슴의 식구를 맞는다. 가내 두루 안녕하시죠, 앨리시
어의 아버지가 헌팅캡을 손에 쥐고 공손하게 묻는다.
앨리시어는 기름이 밴 끈적끈적한 마루로 올라서서

옛 머슴과 옛 주인댁이 인사를 나누는 것을 지켜본다. 옛날 가정집처럼 꾸민 넓은 마루에 두껍고 낮은 나무 탁자가 여러 개 놓여 있다. 앨리시어와 앨리시어의 가족들이 컵과 냅킨 상자와 수저통의 위치를 바로잡으며 조용히 앉아 있는 동안 고깃집 직원들은 손님도 별로 없고 별다르게 일도 없는 가게 안을 오가며 네 사람을 한동안 내버려둔다. 마침내 북쪽 말투를 쓰는 여자가 물수건을 가져다주며 뭘 먹겠느냐고 퉁명하게 묻는다. 앨리시어의 아버지는 소금과 후추로 간만 맞춘 소고기를 이 인분 주문하고 일단 고기를 굽는다. 앨리시어의 노인은 책상다리로 꼬인 발을 두 손으로 잡고 앞뒤로 몸을 끄덕이며 고기가 익기를 기다린다. 노인은 얼굴과 목을 닦았던 물수건으로 이마에 밴 땀을 닦아가며 고기를 뒤집고 쌈을 싸서 먹는다. 평소 집에서 먹는 음식보다 몇 배나 맛있다는 듯 쩝쩝 소리까지 내가며 왕성하게 먹는다. 고기가 몇 점 남지 않았을 때쯤 그가 팔을 들고 아씨를 부르자 건넛집 주인인 아씨가 한숨을 쉰다. 싸가지 없는 년, 앨리시어의 어머니가 작게 말하고 앨리시어의 노인은 태연하게

음식을 더 가져다달라고 말한다. 고기와 밥과 국. 옷
자락과 살갗에 고기 굽는 냄새가 듬뿍 밸 때까지 그는
씹고 삼킨다.

아버지가 형제도 없고 외로워서 자꾸 거기 가는 것이
냐고 앨리시어의 동생이 묻는다.
아버지는 유쾌해지려고 거기 가는 것이라고 앨리시
어의 어머니가 말한다.
복수다.
그년은 입맛이 쓸 것이다. 시중을 받던 입장에서 이제
손님으로 찾아온 머슴의 식사 시중을 들어야 하는 팔
자가 된 것을 깨달았을 것이다. 불편하고 속이 쓰릴
것이다. 너는 옛날에 내 집 마루로 발도 올리지 못했
던 머슴이었는데 말이야, 라고 대놓고 말하지 못해 얼
굴이 일그러지는 것이다, 그 늙은 년이. 아버지는 그
것을 보려고 그 집을 방문하는 것이다. 자신을 머슴으
로 고용하고 외양간이나 다름없는 헛간에 머물게 하
고 남은 밥이나 남은 옷가지나 던져주며 무시하던 사
람들이 운영하는 가게를 방문해서 돈을 쓰고 돌아오

는 이유란 그것 말고는 있을 수 없다. 아니라면 상병신이지, 응? 혹은 이런 이유일 것이다. 일부러 멸시를 받으려고 아버지는 그 집을 방문하는 거다. 옛 주인으로부터 멸시를 당하면서 남부럽지 않게 살고픈 욕망을 키웠을 것이다. 두고 봐라, 하고 분발하고 분발해서, 집을 사고 땅을 살 힘을 얻었을 것이다. 남 보란 듯 살겠다는 의지를 길렀을 것이다. 고아에 머슴이라고 자신을 멸시했던 사람들의 입맛을 쓰게 만들려고 말이다. 그러려고 가는 것이다. 머슴으로서 멸시를 당하려고 부득부득 말이다, 라고 앨리시어의 어머니는 말한다.

참 잘 먹었다.

앨리시어의 아버지가 말한다.

고모리엔 고모리웅덩이라고 불리는 웅덩이가 있었다. 본래 작은 웅덩이였던 자리에 근처 실외 낚시터에서 흘러든 물과 고기가 고여 낚시터가 되고 만 웅덩이였다. 앨리시어의 아버지를 비롯해서 이 웅덩이를 아는 사람들은 돈을 내고 자리를 잡아야 하는 실외 낚시터

대신 고모리웅덩이로 낚시를 갔다. 날씨가 좋은 날에 앨리시어의 아버지는 낚싯대를 챙기고 도시락과 기타 잡동사니가 담긴 가방은 앨리시어에게 들려서 웅덩이로 갔다.

고모리웅덩이로 가려면 고모리 외곽을 향해 한참 걷다가 길을 벗어나서 길게 자란 덤불을 통과해야 했다. 앨리시어의 늙은 아버지는 이 길을 가는 동안 사내들처럼 힘차게 걸었다. 마침내 웅덩이에 당도한 뒤에는 웅덩이 가장자리에 애용하는 낚시 의자를 펼치고 거품이 뜬 더러운 수면을 향해 낚싯대를 던져두었다.

웅덩이를 바라보며 드문드문 앉은 다른 낚시꾼들처럼 긴 시간 동안 미동도 않고 앉아 있다가 찌가 움직이기 시작하면 그는 활기차게 줄을 감아올렸다. 마침내 흙바닥에 내던져진 물고기는 단단하고 맑은 살집을 꿰고 있는 척삭의 강한 힘이 느껴지도록 몸부림쳤다. 그것을 주워 양동이에 담는 것은 대부분 앨리시어가 해야 하는 일이었다. 손바닥 안에서 빳빳하게 요동하는 그 힘이 징그럽고 두려워 앨리시어가 움찔거리면 앨리시어의 아버지는 그 모습이 재미나다는 듯 하핫 웃었다. 그는 집으로 돌아가기 전에 그가 잡은 물고기의 대부분을 웅덩이에 도로 놓아주었다. 집에서는 별다르게 말하는 법도 없다가 웅덩이 부근에서는 자신감이 넘치고 말이 많은 사람이 되었다.

알어?

느긋하게 그는 이런 이야기도 들려주었다.

목숨은 모두 가치 있다. 사람은 누구나 똑같은 가치가 있단 말이다. 옛날에 말이지, 내 형제랑 가족들이 전부 살아 있을 적에 말이지, 우리 아버지 형제가 있었어요. 나한텐 큰아버지인데 말이다, 덩치가 좋았는데 동네 망나니였어. 그런데 덩치가 좋으니까 빨갱이들이 내려왔을 때 딱 그놈들 눈에 들어가지고 완장을 차지 않았겠냐. 머리가 좋기를 해 그냥 덩치 좋고 혈기만 넘치는데 빨갱이가 뭔지도 모르고 완장 하나 채워주니까 좋아가지고 얼마나 의기양양하게 마을을 휩쓸고 다녔겠어. 동네 망나니 새끼였다가 저랑 생김새도 하는 짓도 똑같은 덩치들 끌고 다니면서 사람들한테 이래라저래라 할 수 있으니 얼마나 기세가 대단했겠어. 국군이 올라올 줄은 몰랐겠지. 하핫 저야말로 쫓길 처지가 될 줄은 몰랐겠지. 국군이 거기까지 밀어닥쳤을 때 아이쿠야, 그대로 빨갱이들하고 같이 달아났거든. 그뒤로 큰아버지가 어딘가에서 죽었다더라, 같이 달아난 빨갱이들하고 잡혀가지고 총살을 당해가지고 어딘가 땅에 대충 묻혔다더라, 그런 이야기를 듣고 그 큰아버지의 엄마인 우리 할머니가 말이다, 호미 한 자루를 가지고 기어코 아들놈을 찾겠다고 온 사방을 밤낮으로 파고 돌아다녔는데 시절이 그러하니 야산이며 들판에 묻힌 시체가 좀 많았겠어? 호미 한 자루 가지고도 캐낼 수 있도록 야트막하게 대강대강 묻힌 시신이 천지였다는 이야기지. 알어? 그래서 우리 할머니가 호미할머니였다, 별명이 말이다. 실성했다는 소문이 돌 정도로 밤낮없이 호미를 들고 다니며 파고 파고 또 파다가 시신이 나오면 아들인지 자세히 들여다보고 아들이 아니면 죄송합니다, 죄송합니다, 사과하고 도로 묻어주었다. 아니 그 수고를 뭘 그렇게까지 했느냐면 내 큰아버지라서 할말은 아니지만 죽창을 가지고 이웃들을 막 찌르고 다녔던 개망나니 같은 놈이라도 지 어미한테는 그렇게 귀하고 가치 있는

놈이었던 거야. 알겠냐. 이 나이 되도록 인생을 살고 보니 그렇더라. 사람이 그렇다. 너도 그렇고 나도 그렇고 네 어미도 그렇고 다 그렇게 귀하고 불쌍한 거지. 세상 나고 자란 목숨 가운데 가치 없는 것은 없는 거다.

알어?

가느다랗게 끓어오르는 목소리로 이렇게 말한 뒤 그는 보란듯이 웅덩이를 향해 양동이를 엎었다. 낚싯바늘에 주둥이를 찢긴 물고기들이 피로 탁해진 물과 함께 웅덩이로 주르륵 흘러들었다. 앨리시어는 낚시 의자 뒤편에 서서 노인이 하는 것을 지켜보았다. 그는 잡은 물고기 가운데 두 마리나 세 마리 정도를 남겨 그 자리에서 배를 가르고 햇볕에 말렸다. 반나절 햇볕에 말린 물고기를 집으로 가져가 기름에 튀기거나 불에 구웠다. 구정물 냄새가 나서 한 점도 먹고 싶지 않은 요리였다. 알어? 너는 모르고 나는 안다는 식으로 그는 말하고 그게 그의 입버릇이지만 앨리시어가 보기에 그는 미개하다. 입을 찢었으면 먹든가 죽이든가. 입을 찢어놓고 도로 놓아주며 가치 있는 목숨 운운하는 인간은 아무래도 믿을 수 없는 것이다.

*

앨리시어는 고모리의 밤을 본다.

가로등 한 점 없는 길은 의외로 밝을 것이다. 사는 사람이 워낙 없어 오가는 사람도 드문 낡은 골목들은 달빛에 밝은 빛깔을 띠고 있을 것이다. 바닥에 깔린 부서진 벽돌 틈으로 민들레 줄기가 달을 향해 자라고 있을 것이다. 이 밤엔 바람의 방향 덕분에 하수처리장의 은근한 냄새도 없이 오랜만에 대기가 청결하다. 멀리 하수처리장을 증축하는 공사장도 개장 속의 개들도 완공을 눈앞에 둔 노인의 집 부근도 밤에 잠겼다. 잠잠하고 고요하다. 하루 내내 집을 짓느라고 고된 노동을 한 인부들은 세 개의 컨테이너 가운데 한 곳에 모여 잠들었다. 앨리시어와 앨리시어의 동생도 잠자리에 들었다. 노인과 그의 후처가 머무는 컨테이너는 아직 불을 밝혀두었다. 노인은 텔레비전으로 자정의 뉴스를 보고 있다. 부실하고 부도덕한 방법으로 자금을 운용해온 은행이 도산했다. 제이금융권에 속하는 그 은행은 워낙 크고 탄탄한 업체로 알려져 있었고 도산 전날까지도 정상적으로 영업했다. 전날에 천만원을 입금한 사람이 있다. 이십만원을 입금한 사람도 있고 이백만원을 입금한 사람도 있고 사백만원을 입금한 사람도 있다. 십오 년 적금의 마지막 납부금을 입금한 사람도 있었다. 모두 창구 직원으로부터 아무런 말도 듣지 못했다. 도산 직전에 자신들의 돈을 남김없이 빼간 사람들도 있다는데 대부분의 예금주들은 도산의 기미를 눈치채지도 못했다. 종일 그 뉴스로 나라가 시끄러웠다. 방범창이 내려진 은행 문을 주먹으로 두드리는 사람들과 망연한 표정으로 은행 부근을 서성이는 사람들이 아침에도 점심에도 저녁에도 텔레비전 화면에 등장해 울고 호소하고 분노한다. 앨리시어의 노인이 하핫, 웃는다. 저 난리를 봐라, 하며 한 점 무게도 악의도 없이 남의 불행을 향해 천진하게 웃는다. 저 사람들이 지금 왜 저렇게 하느냐면 돈을 못 뽑게 생겼거든. 자기 돈을 은행이 다 가지고 있는데 그걸 못 찾게 생긴 거거든. 노인의 후처가 그의 곁에서 생밤을 씹고 있다.

야, 앨리시어가 말한다.
이야기해줄까.
…
야.
…
네꼬가 있었다.
…
뭐냐 하면.
…
둥근 생물이었다. 옆에서 보나 뒤에서 보나 앞에서 보나 어느 모로나 네꼬란 둥근 생물이었다. 지느러미 같은 것도 없이 네꼬는 오랜 세월 떠다니며 살았다. 그러다보니 문득 뜨거워지거나 차가워지는 일도 있지 않았겠냐. 뒤집히는 일도 있고 뭔가 달라붙거나, 하물며 뭔가 떨어져나가는 일도 있지 않았겠냐.

…

네꼬의 심부에는 고래 한 마리가 살았었는데, 오래전에 네꼬는 고래를 그런 식으로 잃은 거다.

고래를?

멋진 생물이었는데, 하고 네꼬는 생각했던 거다.

형.

어.

네꼬는 저거라는 뜻이다.

뭐.

고양이라는 뜻이야.

그 네꼬하고 이 네꼬는 다르다.

고양이야.

다르다고 새끼야.

그래서 네꼬는 울었어?

뭐?

고래를 잃고, 울었어?

울지는 않고, 네꼬니까, 계속 아, 하면서 떠다녔던 거다.

아.

아아아, 하고 떠다니고 있는데 어느 날 차가운 것이 달라붙어서 알을 까고 간 거다.

응.

알에서 깨어난 것들은 털을 가지고 있었고 손톱을 가지고 있었고 이빨을 가지고 있었고 무엇보다도 직립할 수 있었던 거야.

직립이 뭐냐 형.

똑바로 선다고 새끼야.

어.

털투성이 조그만 것들이 네꼬 안에서 부지런히 돌아다니기 시작한 거야.

뭘 하면서 돌아다니는데.

배불리 먹고 자고, 그리고.

그리고?

교미한다.

교미가 뭐냐 형.

새끼를 낳는 거지.

아.

얌보가 얌지를 낳고 얌지가 얌모를 낳고 얌모가 얌조

를 낳고 얌조가 얌파와 합심하여 얌마리를 낳고 얌마
리와 얌니자가 얌얌을 낳는다.

우와.

많지?

많다.

많으니까 어떻게 되겠냐.

어…

많으니까 서로 배꼽을 눌러보는 일도 있지 않겠냐.

배꼽을 왜.

뭐 우연하게, 배꼽을 누르니까, 얌니자가 아, 하며 죽
어버렸던 거야.

죽었냐.

그래서 얌들은 알게 된 거야, 배꼽을 누르면 죽는구나.

…

…

…

그래서 얌들은 서로 배꼽을 눌러 죽이거나 하면서 네
꼬 안에 살았던 거야. 네꼬에 돋아나는 이끼를 먹어가
며 부지런히 직립하고 교미하며 살았던 거지.

…

…

살고, 그래서?

이끼도 먹고 똥도 싸고 개도 키우고.

개가 있냐.

낚시도 가고 집도 짓고 돈도 벌고… 얌들은 말이지,
조개라는 것을 만들어서 돈처럼 주고받았는데.

조개?

조개.

그 조개?

그 조개처럼 생겼지만 얌들이 만들어낸 조개니까 결
국은 다른 조개겠지. 하여간 조개라는 것이었는데, 조
개가 생겼으니까 조개를 벌어야 하지 않았겠냐. 조개
많이 벌고 있니, 조개 많이 벌어와, 이런 인사가 오가
지 않았겠냐. 조개 사정은 어떠니, 조개 갚아, 조개가
부족해서, 더 많은 조개, 조개 땜에 죽겠어, 이런 이야
기도 오가지 않았겠냐. 그러다 마침내 조개가 뭐야,
생각한 얌도 생기지 않았겠냐. 일단 얌마리가 그랬던
거야. 조개를 바닥에 두고 이리저리 뒤집어보다가 이

게 뭔가, 이건 뭐하는 물건인데 얌의 삶을 이다지도 성가시게 만드는가, 팔짱을 끼고 생각하기 시작한 거지. 그래서 얌보, 얌지, 얌파, 얌마리, 이런 애들이 모여서 이런 대화를 나눈 거야.

얌의 삶이 이래서는 곤란해.

조개가 나쁘다.

조개공장을 폭파하자.

네꼬가 터지면 어쩌지.

네꼬는 그렇게 약하지 않아.

조개공장을 어떻게 폭파하지.

배꼽을 누르면 되지.

배꼽이 있나 조개공장에.

있지 않나.

없어, 없어.

하여간 가자 얌들이여.

결행을 다짐한 얌들이 조개공장을 향해서 일렬로 걷고 있는데 그 일이 벌어진 거야. 얌들이 가득한 광장을 지나는데 광장을 가로지르던 얌이 차에 받혀서.

차도 있냐!

차도 있어서, 차에 받혀서, 크게 다친 얌의 주머니에서 조개들이 반짝거리며 사방으로 흩어진 거야. 그러자 오, 오, 오, 하면서 주변의 얌들이 달려들어 조개를 줍기 시작한 거야. 난리가 난 거야. 결행을 다짐하며 행렬하던 얌 가운데서도 근처로 굴러온 조개를 저도 모르게 슬쩍 주워서 주머니에 넣고 만 얌도 있었던 거야. 얌마리도 그렇게 했는데 주머니에 든 조개를 만지작거리며 얌들을 바라보고 있다가 문득 볼이 빨개져서 야, 하고 말했다. 우린 틀렸다, 조개가 나쁜 것이 아니다, 얌이 나쁘다, 얌이 이미 나쁘다, 하면서 얌마리는 자기 배꼽을 꾹 눌렀던 거야.

얌마리 죽냐.

얌마리가 그렇게 사라지고 얌보가 사라지고 얌지가 사라지고 얌모가 사라지고 얌파가 사라지고 얌니자가 사라지고.

얌니자는 죽었다며.

뭐?

죽었다며 아까.

이번 건 주니어.

오.

얌니자 주니어가 사라지고, 얌얌이 사라지고. 이렇게 많은 얌이 스스로 배꼽을 누르고 사라지는 동안 광장에서는 난리가 벌어졌고 이 난리가 벌어지는 동안 네꼬는 가장 밝은 갤럭시를 지나게 된 거야.

형 갤럭시가 뭐냐.

우주.

…

은하수.

…

은하수니까, 근사하지 않겠냐.

어.

우주니까, 대단하지 않겠냐.

어!

얌들은 어땠겠냐. 두 손 가득 조개를 쥐고, 네꼬의 대기에 번지는 갤럭시의 광택을 감탄하며 바라보지 않았겠냐.

오.

오오오오, 하고 얌들이 좋아 죽는 사이, 네꼬는 조용히 뒤집혔던 거다.

그럼 어떻게 되냐.

죽는 거지.

뭣, 죽냐.

다 죽는다.

우와.

…

와.

얻어맞은 머리가 멍하다.

갤럭시는 이 밤에도 앨리시어의 머리 위로 움직이고 있을 것이다.

앨리시어와 앨리시어의 동생이 나란히 누운 금속 상자 바깥을 고요하게 흐르고 있을 것이다.

인간이 들을 수 없는 소리라서 고요하게 느껴질 뿐이고 실은 흉내낼 수도 없도록 거대한 소리를 내며 시끄럽게 흐르고 있을 것이다.

앨리시어는 단 한 차례 갤럭시를 본 적이 있다. 해진 뒤였으나 잔광이 남아 아직 어둡지는 않은 저녁이었다. 고모리의 들판을 돌아다니다가 문득 고개를 젖혔을 때 그것을 보았다. 붉은 모래를 엎어놓은 듯한 빛줄기가 넓은 폭으로 머리 위를 흐르고 있었다. 희미하고도 분명했다. 일종의 갤럭시를 보았다, 라고 생각한 것은 나중의 일이고 목이 저리고 어지러울 때까지 고개를 젖힌 채로 일단 바라보았다. 거대하고 싸늘하게 압도되어서 바라본다는 의식도 없이 다만 보았다. 어지러워 잠시 고개를 숙였다가 두번째로 머리를 들었을 때는 사라지고 없었다. 고미의 고물상에서 발견한 잡지에 실린 글이 사실이라면 갤럭시는 팽창하고 있는 것이다. 엄청난 속도로 서로 간에 멀어지고 있는 것이다.

지금쯤 얼마나 멀어졌을까.

별도 뭣도 없는 갤럭시의 공간空間은 얼마만큼 불어났을까.

하여간 근사할 것이다. 거대하고 아름다울 것이다. 별과 우주가스가 모인 곳은 붉은 머리카락 다발 같고 보라색 꽃 같고 용맹한 말의 머리 같고 노랗고 파란 눈동자 같을 것이다. 지금도 부지런히 팽창하고 있을 것이다. 팽창하고 팽창해서 별들 간 간격이 엄청나게 멀어져버린 갤럭시에서 앨리시어는 한 점도 되지 않을 것이다. 한 점 먼지도 되지 않는 앨리시어의 고통 역시 아무것도 아닐 것이다.

그런 갤럭시는 좋같다.
앨리시어의 고통이 아무것도 아니게 될 갤럭시란 앨리시어에게도 아무것이 아니다.
자냐, 앨리시어는 어둠 속에서 동생에게 묻는다.
야 자냐.
그는 앨리시어와 다름없이 머리와 등과 배와 손가락이 부은 채로 누워 있을 것이다. 맞은 뒤라서 평소보다 발열하고 있는 몸을 이불 속에 넣고 보내는 밤이다. 얻어맞은 근육이 저려 배로 숨을 쉬지 못하고 가슴으로 쉬느라고 숨은 얕고 갑갑할 것이다. 뺨을 맞을 때 제대로 혀를 씹었다면 지금 어금니에 닿는 혀는 짜고 불편할 것이다. 어두워서 눈에 보이지는 않지만 이

불이 펼쳐진 자리 바깥으로는 파편들이 널려 있을 것이다. 앨리시어의 어머니가 찢고 구겨서 집어던진 책과 물건의 파편 말이다.

그런 건 아무것도 아니야, 라고 말한다면 좆같을 것이다.

갤럭시 같은 것이 나타나서 그렇게 말한다면 굉장하게 좆같을 것이다.

내가 지금 꿈을 꿨어.

앨리시어의 어머니가 말한다. 땀에 젖은 머리칼이 관자놀이에 달라붙어 있다.

꿈을 꿨는데 말이지 어디서 모기가 우는 거야 자꾸 우는 거야 애애애, 하고 자꾸 울어 씨발 성가시게 그런데 아무데도 없는 거야 씨발 소리만 들리고 코만 간질간질, 근데 그게 내 종아리에 딱 달라붙었네? 찰싹 때려도 떨어지질 않네? 찰싹찰싹 때려도? 근데 그게 이번엔 애애애, 하면서 살로 파고드네? 애애애, 울면서, 내 다리로 애애애, 하고! 내 종아리에 구멍이 딱 났는데 그 구멍 속에 든 걸 보니 그게 너고 그게 저 새끼야 그걸 파내려고 내가 손가락을 넣었더니 이번엔 손가락을 먹네? 애애애, 하면서 먹더니 다 먹어버리고 너만 남았네? 응? 니들만 응? 내가 열이 받게 생겼어, 안 받게 생겼어?

받게 생겼어요.

그럼 세라, 그녀는 말했고 앨리시어와 그의 동생이 셈을 시작한다. 하나를 세고 둘을 세고 셋을 세고 넷을 세고 다섯을 세고 여섯, 일곱, 여덟, 아홉을 세고 열로 넘어갔다가 잊어버렸다.

안 세? 앨리시어의 어머니가 말한다.

내가 세라고 했지? 세라고 했는데 왜 세지 않냐 몇 대까지 맞았는지 세지도 못하냐 잊어버렸냐 너는 그 정도 머리도 없는 짐승이고 잊어버렸으니까 다시 하면 되겠네? 잊어버린 네가 순전하게 잘못했으므로 처음부터 다시 하면 되겠다 세라 머리부터 꼬리뼈까지 하나 둘 셋 넷 다섯 여섯 일곱 여덟 아홉 십 씨발 십이 십삼 사 오 육 칠 팔 다음이 뭐냐 응? 다음이 뭐야?

앨리시어의 어머니가 짐승을 다스린다. 씨발 상태가 되어 씨발년이 된 그녀는 그녀가 가진 짐승의 머리뼈부터 꼬리뼈까지를 다룬다. 짐승을 향해 팔을 휘두를 때 그녀는 관절을 어깨 뒤쪽까지 젖혀 완전한 힘을 싣는다. 어깨를 움켜잡을 때는 엄지로 쇄골을 쑤시고 배를 때릴 때는 불시를 노리고 짐승의 자세를 바로잡을 때는 정수리에 돋은 머리칼을 쥐고 당긴다. 귀를 꼬집고 뺨을 때리다가 엉뚱한 모서리에 빗맞아 손가락을 삐고 악 소리를 지르며 누웠다가 발딱 일어나 짐승의 목을 쥐고 흔든다. 때리는 쪽도 맞는 쪽도 구토를 하며 보내는 시간이고 그럴 때 그녀의 검은 눈은 쇠구슬처럼 작고 단단하다. 땀이 고인 얇은 턱은 악다물어 터질 듯하고 귀는 창백하다. 반들반들하고 나긋나긋하게 그녀의 기색을 먹은 옷자락에서 타는 듯한 피부 냄새가 난다.

앨리시어의 노인은 어딘가에 있을 것이다.

앨리시어의 어머니가 자신의 짐승을 다스리는 동안 그는 한두 번 부근에 나타나서 하지 마라, 애들에게 그렇게 하지 마라, 말리다가 어느 순간 슬쩍 사라졌다. 그는 조용해진 뒤에 돌아올 것이다. 술냄새를 풍기며 혼자 말하거나 텔레비전을 틀어두고 있다가 앨리시어나 앨리시어의 동생보다도 먼저 노곤하게 잠들 것이다. 그는 씨발년과 겨루지 않는다. 겨루더라도 질 것이다. 그가 늙었고 그녀는 아직 젊기 때문이라기보다는 씨발과 겨루겠다는 생각 자체가 없다. 씨발년은 씨발년일 동안 누구보다도 힘이 세다. 무적이다. 그녀는 자신도 어디론가 갈 수 있었다고 말한다. 그런데, 라고 말하며 앨리시어의 동생의 머리를 손가락으로 찌른다. 태어날 때 겸자에 집혀 서양배를 닮은 굴곡이 생긴 이마를 찌르며 이 병신 같은 대가리를 낳느라고 아래가 터져버렸다고 말한다. 그 고통을 니가 알아? 어미의 고통을 알아 몰라 병신 새끼들아 대답을 해봐 내 몸은 끝장났어 너희들이 엄청난 대가리로 끝장을 냈단 말이다 처음엔 너 그다음엔 너를 낳고 나는 자궁을 망쳤다 여자로서 이렇게 된 몸만 아니었더라도 나는 진작 어디론가 갔을걸? 더 좋고 더 유복하고 더 생기 있는 곳으로 갔을걸? 그런 곳에서 대접받으며 살았을 텐데, 응? 하고 그녀는 말한다. 자궁, 이라고 지독하게 말한다. 그런 것이 자기에게 있었다고 말한다.

자궁이란 말이다.

아기가 자라는 곳이다. 여자들은 거기서 피를 흘린다고 고미는 말한다. 예전에 고물상 주인과 살던 여자가 주전자에 빨간 천조각을 담가놓고는 했다고 그는 말한다. 그걸 끓여야 피 흘리는 걸 멈출 수 있대.

여자들의 몸은 그렇대.

씨발.

더럽게.

끔찍하게, 라고 덧붙이며 고미는 한 바퀴를 빙글 돈다. 고미의 하반신을 덮은 주름치마가 활짝 펼쳐졌다가 가라앉는다. 고미는 신기한 듯 그걸 내려다보고 있다가 한 바퀴를 더 돈다. 더 돌아보고 더 돌아보다가 고개를 젖히고 입을 벌린 채로 빙글빙글 돌기를 반복한다. 시계 방향으로 돌다가 반대 방향으로 돌기 시작하자 치맛자락이 나팔꽃처럼 한 방향으로 말렸다가 도로 펼쳐진다. 낡은 섬유 냄새가 난다. 앨리시어는 무릎에 잡지를 올려놓고 들여다보며 어지러우니 그만 돌라고 말한다. 고미는 안 어지럽다고 말한다. 이렇게 한곳만 바라보고 있으면 안 어지럽고 그리고, 이걸 봐, 이렇게 하면… 이렇게 하면… 봐라, 이제 뜬다, 뜬다, 뜬다… 하다가 고미는 풀썩 쓰러진다. 잡동사니가 널린 바닥에 엎드려 숨을 몰아쉰다.

앨리시어는 아마존 어딘가에서 발견되었다는 원시부족에 관한 기사를 읽는다. 구성원이 다섯 명 남았다는 그 부족은 워낙 진입이 험한 밀림을 떠돌며 살고 있어 최근에야 세상에 알려졌다. 밀림에서 그들을 발견한 것은 희귀한 식물을 연구하는 연구단이었다. 그들이 찍은 세 장의 사진이 잡지에 실렸다. 언제고 미련 없이 떠날 수 있도록 나뭇가지를 간단하게 엮어 만든 주거지엔 불기가 없어 보인다. 어딘가 서로 닮은 골격을 가진 부족민들의 얼굴과 눈은 붉다. 부족장인 듯한 사람이 사진을 들여다보는 사람을 향해 흥미로운 듯 얼굴을 들이밀고 있는데 사진 바깥으로 절반쯤 잘려나간 그의 팔뚝은 어린아이의 것처럼 가늘고 밋밋하다. 기사를 작성한 사람은 원시부족이 갑작스럽게 외부와 만날 경우 발생할지 모를 감염에 관해 그리고 절멸에 관해 걱정하는 말로 기사를 마무리하고 있었다. 앨리시어는 잡지를 뒤져 날짜를 확인한다. 십 년 전 여름에 발간된 잡지다. 부족은 남아 있을까. 아마존 어딘가에서 아직도 살고 있을까. 나뭇가지와 나뭇잎을 사용해 가벼운 집을 지었다가 허물곤 하면서 여태도 밀림을 떠돌고 있을까. 이미 절멸되었다면 그들의 뼈는 어디쯤 있을까. 얼굴이 붉은 사람이라도 뼈는 흴 것이다. 뼈들은 쓰고 축축한 흙속으로 잘 가라앉았을까. 미처 가라앉지 못한 가벼운 뼈들은 어떻게 됐을까. 짐승들이 가져다 먹었을까. 원숭이가 먹고 도마뱀이 먹었을까. 앨리시어는 멍이 든 손으로 십 년 된 책장을 넘긴다. 노랗고 붉은 손에 잡혀 물이 든 것처럼 팔뚝에도 노랗고 붉은 멍자국이 있다. 고미가 엎드린 채로 팔을 뻗어 앨리시어의 팔꿈치를 만진다. 손가락을 펼쳐 세 개의 길쭉한 손가락 자국에 대어보았다가 뗐다가 다시 대어보며 고미는 말한다.

신고해라.

누구를.

신고해서 벌을 줘.

누구를.

엄마를.

신고하면 죽냐.

죽을걸.

알았어.

할 거냐?

어, 라고 대답하며 앨리시어는 책장을 넘긴다. 석양 속에서 그늘져 보이고 기울어져 보이는 글자들을 읽는다. 이제 조금 있으면 해가 완전히 질 것이고 이 방엔불을 켜야 할 것이다. 창이 너무 높은 곳에 뚫려 있고폭도 좁아 벌써 상당히 어둡다. 빛 속에서 파리가 날며갈색 날개를 흔들고 있다. 몸을 뒤집어 가슴에 손을 올린 채로 멍하니 천장을 보고 있던 고미가 말한다.

아니면 집을 나가든가.

어디로.

어디든, 나가서.

되겠냐.

도와달라고 하든가.

누구한테, 라고 묻자 형 있고 누나 있잖아, 라는 답이돌아온다. 형과 누나. 그들은 노인의 전처의 자식들이다. 젊었을 때 죽은 여자의 자식들. 앨리시어는 그들을 다른 사람들이라고 생각한다. 앨리시어나 동생과는 다르다. 그건 아마도 그들이 죽은 여자를 닮았기 때문일 것이다. 몸도 크고 눈도 처졌다. 그들의 어머니가 그렇게 생겼을 것이고 그들은 그들의 어머니를 닮았을 것이다. 싫다. 말도 별로 해본 적 없고 남이나 마찬가지인 사람들이다. 앨리시어가 그렇게 말하자 고미는 뭔가를 생각해보더니 그 동네 어딘가에 햄버거도 있을 것 아니냐고 묻는다.

있겠지.

그럼 그걸 먹으러 가는 김에 전화도 한번 해보는 거다.

앨리시어와 고미는 가진 돈을 바닥에 놓고 셈을 해본다. 앨리시어에게는 동전이 있고 고미에게는 더 많은 동전과 지폐가 있다. 햄버거를 먹을 수 있다. 앨리시어는 고미가 거울 앞에서 곱슬머리를 다 빗을 때까지 기다렸다가 함께 현관을 나선다. 고물상 주인은 고물상 구석에서 유리병과 페트병을 나누고 있다. 앨리시어와 고미는 그가 불러 세우기 전에 고물상 마당을

달려서 바깥으로 빠져나간다. 다만 그것을 해냈을 뿐
인데 중요한 관문을 통과해낸 것처럼 들뜨고 기쁘다.
앨리시어의 동생이 양지에 드러누운 고양이의 배를
나뭇가지로 긁고 있다가 나뭇가지를 팽개치고 따라
온다.

형 어디 가냐.

집에 가라.

나도 가 형.

고모리를 빠져나가는 동안 서로의 엉덩이를 발로 차
며 걸어서 개활지로 접어든다. 보도도 아닌 갓길을 걷
는 동안엔 오가는 차들의 속도와 소리에 압도되어 한
줄로 얌전하게 걷고 폭풍에 휩쓸린 세 개의 깃털처럼
헝클어진 모습으로 개활지를 통과한 후엔 다시 떠들
썩하게 떠들며 걷는다. 보도를 오가는 사람들 사이에
서 소리를 지르거나 문득 뛰고 숨이 차면 걷고 다시
뛴다. 가볍고 투명한 것들처럼 사람들 사이를 뚫고 간
다. 아무렇게나 부딪혀가며 달리고 다리 틈으로 통과
하고 머리 위로 뛰어넘고 투명하게 관통해가며 이렇
게 달리는 것은 즐겁다. 용기백배로 모든 게 순조롭

다. 한 발 한 발 순조롭게 고무된다. 이것은 햄버거 투어다. 그렇게 이름 붙인다. 햄버거와 형제 투어. 형제도 만나고 햄버거도 먹을 테니까. 풍부하고 고소한 맛으로 입을 가득 채울 것이다. 마요네즈는 고소하고 빵은 달고 양상추는 신선하고 형제는 친절할 것이다. 앨리시어는 앨리시어의 형제들에게 전부 말해줄 것이다. 그들이 앨리시어와 더불어 분개하고 씨발년을 씨발년이라고 제대로 말해줄 것이다. 앨리시어와 앨리시어의 동생을 데려가 그들 곁에 안전한 잠자리를 마련해줄 것이다. 앨리시어는 공중전화박스 속으로 쏙 숨어든다. 전화기에 동전을 넣고 신호가 가기를 기다린다.

쉿.

동전이 쩔꺽 떨어지고 앨리시어의 배다른 누나가 등장해서 여보세요, 라고 말하는 순간이다.

…

여보세요.

…

여보세요?

전데요.

누구?

저요.

…

…

무슨 일이니.

…

아버지 쓰러졌니.

아니요.

…

…

집은 다 지었니.

…

…

…

전화 왜 했니.

…

…

…

말해라.

…

말하라고.

앨리시어는 스스로 병신 같다고 느낀다. 병신 같아. 이미 병신이다. 이 병신은 한마디도 말할 수 없다. 말하지 않아도 병신 같고 말해도 병신 같을 것이다. 그보다 뭐라고 말해야 할까. 말할 것이 없다. 말해주겠다는 생각으로 고무되어 여기까지 당도했는데 막상 말하려고 보니 그것뿐이다.

말해주겠다는 생각뿐이다.

말해주겠다, 말해주겠다, 내가 그것을 말해주겠다. 그것을, 누나가 아는 그것, 그것을, 모르는 그것을, 모르고자 하는 그것, 그것, 그것을 말해준다면 누나는 좀 친절해질까. 친절하게 대해줄까, 그것을 말한다면, 그것, 그것을.

분하다. 분해서 눈물이 나는데 눈물이 나면 더 병신 같을 테니까 울 수 없다.

앨리시어는 말없이 전화를 끊는다.

뭐래.

누나가 뭐래.

앨리시어의 동생과 고미가 등뒤에서 묻는다. 앨리시어는 남은 동전을 손에 쥐고 만지작거리다가 다시 수화기를 든다. 동전을 넣고 기다렸다가 형의 전화번호를 누른다. 그가 전화를 받으면 이번에야말로 말해줄 것이다. 너는 씨발놈이라고 말해줄 것이다. 너희는 좆같다고 말해줄 것이다. 신호음을 듣는 동안 동전으로 전화기를 긁으며 동글납작하게 솟은 버튼을 노려본다. 그는 전화를 받지 않는다. 번호에 문제가 있는지도 모르겠다. 앨리시어는 전화를 끊고 전화박스 바깥으로 나선다. 공기가 차다. 앨리시어의 일행이 조금 떨어진 곳에서 초조한 듯 바라보고 있다. 앨리시어는 형제들의 집으로 찾아갈 수도 있다. 가본 적도 있으니까 찾아가려면 얼마든지 가볼 수 있다. 앨리시어의 아버지와 어머니가 동행한 길이었지만 혼자서도 찾아갈 수 있을 것이다. 그때 탔던 버스 번호와 어느 정류장에서 내렸는지도 기억하고 있다. 정류장에서 내려서 큰 제과점이 있는 길로 올라갔다가 빨간 달팽이 모양의 미끄럼틀이 설치된 유치원 마당을 끼고 오른쪽 골목으로 접어들면 그 집에 당도할 것이다. 만지면 끈 끈하게 뭔가 묻어나오는 검은 대문이 있을 것이고 계단이 있을 것이고 낡은 화분이 놓인 베란다가 있을 것이고 불투명한 유리를 끼운 현관문 곁에서 보일러가 외벽에 달린 채로 펙펙 돌아가고 있을 것이다. 형이 그곳에 있을 것이다.

수년 전에 있었으므로 지금도 그곳에 있을 것이다.

형.

걱정스럽게 앨리시어를 바라보는 동생의 얼굴 뒤로 하나둘 불이 켜진다. 깜박, 깜박이며 화장품, 맥주, 카페, 장어, 숯불구이, 노래방, 장어, 지정 대리점, 기타, 기타, 씨발, 기타. 날이 저물었다. 앨리시어는 낯선 곳이라는 것을 문득 깨닫는다. 아무것도 없고 아무도 없다. 앨리시어는 이 거리에 있는 다른 어느 누구보다도 병신이다.

이대로 돌아가겠다고 하자 앨리시어의 동생은 절망해서 어깨를 늘어뜨린다. 햄버거는? 햄버거는? 앨리시어가 곧바로 등을 돌려 걷기 시작하자 그는 아, 하고 외친다. 형, 햄버거.

고모리로 돌아간다.

어둑어둑한 갓길을 걸어 개활지를 통과하고 고모리로 진입한다. 앨리시어가 앞서고 고미가 따르고 앨리시어의 동생이 맨 뒤에서 걷는다. 논둑에 개가 드러누워 있다. 배가 빵빵하게 부풀어서 네 개의 짤막한 다리가 하늘을 향해 들려 있다.

배고파.

…

형.

…

형.

…

배고프다고 새끼야.

앨리시어는 그를 향해 돌아선다. 가로등 아래 앨리시어의 동생이 고개를 숙이고 서 있다. 먼지로 보얗게 들뜬 뺨 위에 눈물 자국이 났다.

나 배고파.

너 지금 뭐라 그랬냐.

햄버거 먹을 거라며.

뭐라 그랬냐고 지금.

너 때문에 못 먹었잖아.

됐다.

배고픈데.

됐다고 병신아.

…

꺼져 병신아.

…

꺼지라고.

병신 아니다.

뭐?

나 병신 아니라고 새끼야, 라고 외치며 그가 앨리시어를 향해 달려든다. 앨리시어는 그의 검은 머리가 한덩어리 주먹처럼 덮쳐오는 것을 본다. 엉겁결에 그것을 옆으로 밀친다. 그가 그 힘에 휩쓸려 비틀거리다가 주저앉는다. 앨리시어는 그가 엄청난 소리를 내며 울어버릴 것이라고 생각했는데 곧바로 일어나더니 다시

달려든다. 주먹을 휘두르고 무작정 발차기로 정강이를 노리고 다시 머리로 들이받는다. 머리통까지 새빨개져서 육박을 시도하고 반복한다. 앨리시어는 당황해서 밀어내고 밀어내다가 마침내 배를 얻어맞고 이 새끼를 죽여버리고 싶다고 생각한다. 죽여버리겠다고 생각한다. 이를 악물고 닥쳐오는 새끼를 붙들고 함께 바닥을 구른다. 이 새끼, 이 새끼, 하며 그 새끼와 마찬가지로 주먹을 휘두르고 발을 내지르지만 너무 밀착되어서 서로 간에 허공을 때리는 순간이 더 잦다. 손톱에 턱을 사납게 긁히고 동생을 안는다. 그가 더는 몸부림치지 못하도록 등을 껴안고 깍지를 낀다. 앨리시어의 동생은 앨리시어의 몸에 얹힌 채로 버둥거리다가 점차로 잠잠해진다. 턱과 목을 짓누르고 있는 그의 머리통에서 소금 냄새가 난다. 그가 숨을 들이쉴 때마다 앨리시어의 배가 눌린다. 몇 차례 배를 눌리고 보니 점차로 배가 비는 듯하고 허탈해서 앨리시어는 웃음을 터뜨린다. 수천 겹의 주름이 뱃속에서 펼쳐졌다 접히길 반복하다가 어느 겹엔가 뚫린 구멍으로 바람이 새는 것처럼 플플 간지럽다. 별로 우습지 않은데

굉장하게 웃음이 이어져 곧 죽겠다.

길가에 서서 지켜보고 있던 고미가 가자, 하며 걷기 시작한다.

앨리시어의 동생이 일어나더니 고개를 꼿꼿하게 세운다. 아무렇지도 않다는 듯 머리를 쓸어넘기는데 가로등 불빛 속에서도 뺨과 귀가 빨갛다는 것을 알아보겠다. 야, 하고 부르는 소리에도 대꾸하지 않고 그는 걷는다.

아프냐.

머리에 손을 올리자 툭 쳐내고 걷는다.

야.

…

얘기해줄까.

…

야.

앨리시어는 비실비실 웃으며 그의 뒤를 따라간다. 가로등 불빛을 벗어나 어둠 속으로 들어가고 이제 나는 그들의 뒷모습을 놓친 채로 밤 속에 남는다.

＊

노인의 집은 첫눈이 내리기 전에 완성되었다.

조그맣게 현관을 내고 단순한 형태로 일층 이층 삼층을 쌓은 뒤 마당은 벽돌도 관목도 없이 내버려두었다. 마당 구석에 개장이 놓인 뒤 컨테이너에 보관되어 있던 짐들이 새집으로 들어간다. 노인의 낚시 의자와 텔레비전, 옷을 담은 궤짝들, 기타 꾸러미들이 컨테이너에서 새집으로 옮겨진다. 앨리시어와 앨리시어의 동생은 서리가 내린 마당에 서서 그 과정을 지켜본다. 앨리시어는 차가운 손을 주머니에 넣고 뒤꿈치를 질질 끌고 다니며 서리로 덮인 바닥에 타원을 그린다. 마당을 한 바퀴 돌아 원을 오므리기 직전, 거대한 꼬리지느러미를 그려 물에 사는 짐승을 만든다. 고래가 된다. 네꼬로부터 미끄러진 고래다. 네꼬로부터 탈출한 고래. 이쪽을 보지 않으려고 노력하는 동생을 모른척하며 죽죽 그려나간다.

앨리시어의 노인은 각층과 방을 돌아다니며 마감 상태를 점검한다. 일층엔 우리가 살 것이고 이층엔 첫째 내외가 살 것이고 삼층엔 둘째 내외가 살 것이다. 교통이 불편하고 외지더라도 이 집에서 한 몇 년 버티면 각자가 얻는 게 있을 것이다. 노인은 앨리시어의 형제들에게 전화를 건다. 집이 다 되었다, 준비가 만반이다, 몸만 가지고 들어오라는 내용으로 짧고도 씩씩하게 통화를 마치고 닭백숙을 먹는다. 앨리시어와 앨리시어의 동생도 닭을 한 마리씩 받는다. 앨리시어는 그릇에 담긴 백숙을 노려본다. 열에 녹아내려 반들반들해진 닭의 모공과 육수에 노랗게 잠긴 근육과 짤막하고 딱딱하게 졸아든 목을 본다. 앨리시어는 그것을 먹기 싫다. 앨리시어의 어머니가 손수 닭의 다리를 동여매고 배를 벌리고 찹쌀을 채우고 인삼과 대추를 넣은 뒤 굵은 땀으로 꼼꼼하게 바느질했을 것이다. 앨리시어의 목을 조르고 피부를 잡아뜯던 손으로 말이다. 앨리시어가 먹지 않고 가만히 앉아 있자 그녀가 그 닭을 집어 자기 그릇으로 옮긴다. 자기 몫의 닭 위로 앨리시어의 닭을 올리고 먹는다. 살점 한 점 남기지 않고 깨끗하게 발라먹은 뼈를 밥그릇 옆에 가지런하게 뱉어둔다. 목뼈에서 꼬리뼈까지, 그녀가 먹고 남긴 검고 흰 뼈는 조립용 완구처럼 보인다. 마음만 먹는다면 누구든 그 뼈들을 가지고 닭 한 마리의 골격을 복원해볼 수 있을 것 같다. 그리고 그녀가 그렇게 짐승의 살을 먹는 방식은 그녀의 씨발됨과 어딘지 유사하다고 앨리시어는 느낀다.

앨리시어의 노인은 백숙을 소화시키는 동안 텔레비전을 틀어두고 뉴스를 시청한다. 아프리카 어딘가에서 사십 년 동안 독재를 해온 독재자가 반란군에게 잡혀 죽음을 맞는 순간이 나오고 있다. 분노한 시민들과 반란군에게 쫓겨 하수구로 대피했던 그는 맨홀을 통해 바깥으로 끌려나온 뒤 어리둥절한 모습으로 사람들에게 둘러싸였다가 누군가가 쏜 총에 맞았다. 그의 독재를 받았던 사람들은 턱이 돌아가고 팔이 뚫리고 척추가 부러져 배의 형태가 비뚤어진 그의 시체를 바닥에 두고 기념촬영한다. 죽기 직전의 그의 모습이 다시 방영된다. 피 흘리는 알몸을 자루처럼 끌고 다니며 환호하던 시민이 카메라를 향해 웃자 앨리시어의 노인이 하핫, 웃는다.

앨리시어는 개가 움직이는 소리를 듣는다.

새끼들이 커갈수록 어미는 불안할 것이다. 먹힐 때가 되었는데 먹히지 않아 차라리 자신이 먹어 없애버리고 싶을 정도로 불안할지 모른다. 개가 발톱으로 개장을 긁는다. 벽이 두꺼워 소리가 멀다. 앨리시어는 바깥에서 들려오는 소리에 귀를 기울인다. 동생은 잠들었다. 바로 곁에서 그의 숨소리가 들린다.

오늘밤은 추울 것이다.

낮에 그려둔 고래 위로 다시 서리가 쌓이고 있을 것이다.

잠깐 눈을 감은 틈에 앨리시어는 그를 본다. 이제 막 네꼬를 탈출해 심해를 향해 내려가는 고래다. 그를 따라간다. 심해란 어둡고 어두워서 바로 뒤를 따라가고 있는데도 고래가 온전하게 보이지 않는다. 순간순간 부옇게 드러나는 등과 꼬리를 보고 따라갈 뿐이다. 길고 무거운 척추 운동으로 한 겹, 한 겹, 물을 뚫고 가는 고래를 따라 차츰 내려간다. 고래의 지느러미가 일으키는 거대한 물살에 희한하게 영향받지도 않고, 무겁고 캄캄한 물의 압박감은 고스란히 느끼면서, 눈처럼 날리는 플랑크톤, 잔해들, 희끗희끗한 부유물에 피부를 쓸리며 자꾸자꾸, 내려간다. 내려가고 내려간다. 이렇게 내려가서, 어디에 닿을까. 무엇에 닿을까. 고요하다.

야.

…

야.

…

자냐.

빈 벽에 목소리가 부딪혀 돌아온다. 새집의 벽은 아직 덜 말랐다. 컨테이너보다도 이전 집보다도 질기고 부드러운 벽 속에서 앨리시어는 이제 씨발에 접촉할 준비가 되었다.

外

내가 꿈을 꿨어.

앨리시어의 어머니가 말한다.

작은 마을에 관한 꿈이다. 복숭아술로 유명한 마을이거든? 그 마을에서 애들이 납치되는 거야. 거기에 너, 그리고 저 새끼가 있는 거야. 너희들 말고도 많고도 많은 애새끼들이, 머리도 작고 몸도 작은 인간들이 좁은 방에 갇혀 있는 거야. 너희들은 밥도 없이 약도 없이 그냥 갇혀 있어. 징그러워라, 까맣고 지저분한 머리를 창을 향해 치켜들고 눈을 깜박이면서, 그냥, 그냥 살아 있는 거야. 밥이 없어 죽기도 하고 약이 없어 죽기도 하면서. 그래서 어떻게 했겠어? 너랑 애새끼 들이랑, 그 방을 빠져나와서, 탈출하려고, 살아보려 고 했겠지? 그게 잘됐겠어? 너는 붙들려. 저 새끼도 붙들리고, 다른 새끼들도 붙들려. 각자가 따로 끌려가 서 그뒤로 며칠이고 몇 달이고 서로의 소식을 모르는 거야. 너는 모르지. 저 새끼가 죽었는지 살았는지. 저 새끼도 그걸 몰라. 니가 살았는지 죽었는지. 애들이 자꾸 사라지는데 복숭아술로 유명하니까, 그 마을엔 관광객들이 자꾸 오네? 복숭아술을 먹고 백 년 이백 년 늙지도 않고 염병하며 살아가려고, 관광객들이 엄 청나게? 그리고 그런 날이었던 거야. 축제가 벌어지 는 날이었던 거야. 마을에 흐르는 개천을 따라 노점들 이 설치되고, 색색의 지등도 걸리고, 저고리를 입은 사람들이 춤을 추는 날. 빨갛고 노랗고 파란 지등 아 래서 먹고 마시고 춤추며 신난다, 신난다! 바로 그런 날에, 시체가 발견되고 마네? 신체 일부가 말이야, 작 은 발 같은 거. 어떻게 됐겠어? 축제는 중단되고 수색 이 벌어지고 살인범이 발견되었겠지? 그는 밧줄에 묶 인 채로 나타난다. 관광객들이 그를 보러 모이지. 그는 몸집이 크고 피부가 흰 인간이야. 밀가루 반죽으로 어설프게 빚은 빵 과자처럼 생겼는데, 희한하게도 그게 너야. 듣고 있냐, 이 새끼야. 그게 너란 말이야 응? 자 너는 이제 아주 아둔한 얼굴을 하고 현장에 모인 사람들을 둘러본다. 너는 네가 죽인 아이들을 숨긴 장소를 그들에게 가리켜 보인다. 물속이야. 너는 아이들을 자루에 넣은 다음 밧줄로 봉해서 물속에 담가놓았던 거야. 이제 사람들이 밧줄을 끌어당기네? 신체가 담긴 자루들이 개천에서 올라온다. 저걸 봐라. 밧줄 하나에 하나씩이다. 발이 담겼거나 손이 담겼거나 머리가 담긴 자루가 하나씩, 어머나 많기도 하고, 그리고 마지막으로, 이제 가장 큰 덩어리가 물속에서 올라오는 거야. 누군가 안에 든 것을 확인하려고 자루를 쨌겠지? 물이 흘러나왔겠지? 안에 든 것도 흘러나왔겠지? 팔다리를 잃은 몸이다. 그건 몸뿐이야. 너는 그 몸을 알아본다. 니가 죽인 몸이고 죽지 않았으면 했던 몸이지. 그게 누굴까? 너는 그를 불러보려고 입을 벌린다. 어때, 벌렸냐? 벌렸냐고! 그런데 그 이름을 말하려고 하는 순간 혀가 사라지는 거야. 혀가 사라지고

입이 닫혀버리는 거야. 어쩔래? 이제 어쩔래? 복숭아
술로 유명한 그 마을에서 경찰이 살인범인 네게 자를
쥐여주고 그 몸의 길이를 재라고 명령한다. 너는 그걸
재. 아둔하니까, 응? 놀라운 집중력을 발휘해서, 너는
그 몸의 길이를 잰다. 그러더니 검지를 치켜들고, 이
제 외쳐봐. 머리부터 꼬리뼈까지 삼십오 센티미터!
자 이제 이 꿈은 어떻게 끝날까, 응?
어떻게 끝날까?

                            *

나 병신 아니다.
앨리시어의 동생이 말한다.
새끼 새처럼 머리털이 헝클어진 채로 고물상 마당에
서 있다. 앨리시어가 그를 본다. 얼굴은 희고 주먹은
빨갛다. 그는 자기가 병신이 아니라고 거듭 말한다.
그 증거를 어딘가에 남겨두었다고 말한다. 보러 갈
래? 그것을 보러 간다. 앨리시어의 동생이 앞서고 앨

리시어와 고미가 그의 뒤를 따라 걷는다. 수일 전과 같은 경로로 고모리를 빠져나가 개활지를 건너 번화가에 다다른다. 앨리시어의 동생이 이끄는 길은 첫번째 투어보다도 더 중심을 향해 들어간다. 첫번째 투어의 반환점인 전화박스를 지나 다섯 정거장 정도나 더 나아가 비좁은 보도에서 오른쪽으로 꺾는다. 피자 체인점과 디지털프라자 사이의 어둡고 습한 골목으로 들어간다. 올리브와 치즈를 굽는 냄새, 식은 기름 냄새, 납을 데우는 냄새와 젖은 곰팡이 냄새가 나는 골목이다. 앨리시어의 동생은 걸음을 멈추고 건물 아래쪽을 가리키며 이것을 보라고 말한다. 빗물이 튄 흔적으로 더럽혀진 머릿돌에 그의 이름이 있다. 가늘고 뾰족한 것으로 1983년의 머릿돌 구석을 긁어내고 새긴 이름이다. 앨리시어와 고미는 그 이름을 확인한다.

그는 여기까지 혼자 왔었다고 말한다.

혼자서 갓길을 걸어 개활지를 통과했다고 말한다. 앨리시어는 그것을 생각해본다. 한 시간은 걸렸을 것이다. 활주로처럼 넓고 길게 이어진 도로를 달리는 트럭과 버스들은 휩쓸어갈 듯한 기세로 그의 곁을 스쳤을

것이다. 번화가에 이르러 많은 사람들 틈을 걷기 위해
서는 별도의 용기가 필요했을 것이고 마침내 이 골목
에 당도해 이름을 새긴 뒤에는 다시 혼자서, 온 길을
되돌아갔을 것이다. 작고 쓸쓸한 영웅처럼 바지 주머
니에 손을 넣고 왕복 십 차선 도로 곁을 열심히 걸었
을 것이다. 그는 이마로 흘러내린 머리카락을 고갯짓
으로 넘기고, 여기까지 오는 동안 조금도 무섭지 않았
다고 말한다. 이제 알겠냐.

나는 병신이 아니다.

알겠다.

너는 병신이 아니라고 앨리시어가 대답한다.

너더러 병신이라고 말하는 새끼가 있다면 그 새끼가
나쁜 거고 진정 병신인 거다. 앨리시어의 동생이 그걸
듣고 고개를 끄덕인다. 얼굴을 붉히고 말한다. 자.

이제 햄버거 먹을 거다.

*

앨리시어는 은행나무에 붙은 매미를 본다. 손이 닿을 만한 줄기에 붙어 강해 보이는 다갈색 배를 떨고 있다. 앨리시어는 그걸 잡으려고 은행나무 아래 덤불에 발을 들인다. 덤불은 개들의 무덤이다. 삭은 뼈와 여태 축축할지도 모를 두개골과 그 속의 조그만 적막. 그런 것들이 묻혀 있을 것이다. 앨리시어는 그것 위에 조심스럽게 발을 딛고 서서 매미를 향해 팔을 뻗는다. 아슬아슬하게 닿지 않는다. 이번엔 나무줄기에 바짝 몸을 붙이고 다시 한번 힘껏 팔을 뻗어본다. 발밑에서 뭔가 부러진다. 매미가 그 소리를 듣고 딱 울음을 그친다.

그대는 어디까지 왔나.

그대에게 앨리시어의 계절에 관해 말하고 싶다. 봄 여름 가을 겨울, 환등기처럼 돌아가고 돌아오는 사계에 관해 말이다. 앨리시어의 사계에서 씨발년은 아이들의 뒤를 성큼성큼 쫓고 아이들은 노인을 쫓고 노인은 씨발년을 살금살금 쫓는다. 언제까지고 벽 위를 빙글빙글 돌아가는 그림자들처럼 반복된다. 이즈음 앨리시어의 어머니는 앨리시어에게 깨끗한 옷을 입혀두고 더럽혀지는 정도를 감시한다. 아무때고 소매나 옷깃을 뒤집어보고 얼룩이 있는지를 확인한다. 얼룩은 말하자면 촉매로 작용하는데 어느 정도가 안정적일지 짐작할 수 없어 앨리시어에게는 불안정한 촉매다. 간장 한 방울 정도는 괜찮다가도 다른 날엔 그 정도로도 즉각 씨발됨이 전개된다. 이렇다보니 앨리시어에게 깨끗한 옷은 억지로 입어야 하는 씨발년의 피부나 다름없다. 옷깃에 쓸리곤 하는 목엔 발진이 돋았다. 앨리시어는 그걸 긁으며 아버지의 뒷모습을 바라본다.

그는 기분이 좋지 않은 듯한 모습으로 벽 앞에 서 있다. 뒷짐을 지고 서서 젖은 벽을 바라본다. 이 집의 내벽엔 결로가 끊이지 않아서 갈색 얼룩이 크고 시든 꽃처럼 벽을 덮고 있다. 사람은 없고 거주를 가짜로 증명할 물건만 몇 가지 놓인 위층은 상태가 더하다. 더 나은 보상금을 바라고 지었으므로 결국은 허물기 위해 지은 집이지만 너무 막 지었다고 노인은 불평한다.

그는 이렇게 벽을 바라보며 서 있고는 하다가 저녁이 되면 반주를 마시고 첫째 아들과 딸에게 전화를 건다. 내일이라도 짐을 간단하게 꾸려서 새집으로 들어오라고 말하지만 그들은 굳이 그럴 필요는 없다며 거절한다. 노인은 낙심해서 전화를 끊은 뒤 그들이 새집에 들어오지 않고 집을 비워둬서 결로가 생겼다고 말한다. 또 어느 날엔 결로가 생겨서 그들이 들어오지 않는 거라고 불평한다. 그러다 날이 바뀌면 다시 벽 앞에 서고 저녁이 되면 전화를 건다.

앨리시어와 앨리시어의 동생은 몰래 위층으로 올라가서 천장을 향해 고개를 젖힌다. 신기한 형태로 매달린 물방울들을 바라본다. 물방울은 일정한 간격으로 맺혀 있다. 작은 물방울들이 모여서 더 큰 물방울이 된다. 앨리시어와 앨리시어의 동생은 물방울이 자라는 것을 관찰한다. 밤새 자란 물방울이 탁구공 절반만한 크기가 된 것을 확인하면 의자를 밟고 서서 나뭇가지로 찌른다. 나뭇가지를 타고 뭔가 진득하게 여겨지는 물이 팔뚝까지 흘러내리고 그러면 앨리시어의 동생이 질색을 하며 기뻐한다.

고모리엔 묘하게 사람이 늘었다. 앨리시어의 아버지가 했던 것처럼 낡은 집을 허물고 그 자리에 문이 여덟 개나 달린 슬레이트 주택을 세운 집도 있고 우편함을 여섯 개씩 단 단독 빌라도 두 개가 더 지어졌다. 한 집이 있던 자리에 세 집 네 집이 생겼으므로 사는 사람은 늘었는데 늘어난 사람은 별로 볼 수 없고 마을은 전과 다름없이 고요하다.

시멘트를 실은 덤프트럭이 먼지를 일으키며 달려간다. 여러 쌍의 광폭 타이어로 고모리의 폭 좁은 길에서 용케 미끄러지지 않고 하수처리장 방향으로 말이다. 앨리시어와 고미는 지금 막 트럭이 지나간 길을 걸어 단추공장 앞을 지난다. 단추공장은 여러 겹의 부직포로 덮인 비닐하우스 모양의 가건물이다. 예전엔 그 안에서 사람들이 단추를 만들었다. 도로에서 단추공장으로 접어드는 짧은 진입로엔 낡고 축축한 부직포가 깔려 있고 단추를 찍어내고 남은 조개껍데기들이 구멍 뚫린 채로 박혀 있다. 공장은 오래전에 문을 닫았고 단추를 만들던 사람들도 어디론가 가버렸는데 고모리 사람들은 여전히 그곳을 단추공장이라고 부른다.

단추공장 문이 열리고 낯선 소년이 바깥으로 나온다. 눈이 가늘고 머리털이 붉다. 앨리시어와 고미는 그를 보고 멈춰 선다. 앨리시어가 그를 기억한다. 같은 학급이었던 소년이다. 그는 바지 주머니에 손을 넣고 두리번거리다가 앨리시어를 향해 말한다.

니들 여기 사냐.

…

이 동네 뭐냐.

…

뭐 이렇게 아무것도 없어? 이 동네 이상하다.

앨리시어와 고미는 그를 무시하고 계속 걷는다. 소년이 게임을 하겠느냐고 등뒤에서 묻는다. 어디서? 여기서. 여기란? 여기. 나 지금 여기 산다, 라며 소년이 가리키는 곳은 다름 아닌 단추공장이다. 어떡할까. 앨리시어와 고미는 망설이다가 그를 따라 단추공장으로 향한다. 못박힌 판자로 줄곧 폐쇄되어 있던 단추공장 문이 열린다. 그것만으로도 흥미로운데 단추공장의 내부는 더욱 흥미롭다. 피아노, 소파, 침대, 매트리스, 거대한 나무둥치로 만들어진 탁자, 배배 꼬인 나뭇가지로 만든 의자들, 유리문이 달린 장식장. 여기저기 되는대로 놓인 가구들 덕분에 단추공장은 이제 가구공장 창고처럼 보인다. 콘센트와 콘센트를 잇는 방법으로 연결된 전선들이 벽에 걸려 있고 전구들이 열매처럼 전선에 달려 단추공장을 어슴푸레하게 밝히고 있다. 천장이 너무 높아 불빛은 구석까지 닿지 못하고 가구들 위로 그림자를 만들어내고 있다. 앨리시어는 반구형으로 솟은 천장을 향해 고개를 젖히고 언제부터 여기 살았느냐고 소년에게 묻는다. 소년은 앨리시어의 생각보다도 훨씬 오래전부터 여기서 살고 있었다고 대답한다. 앨리시어와 고미는 가구들 사이를 걸어다닌다. 매트리스는 비닐백에 든 채로 세워져 있고 테이프로 둘둘 말린 피아노가 있고 장식장이 피아노를 향해 좁다란 길을 내는 형태로 놓였고 소파는 장식장 뒷면을 향해 놓였다. 장식장이 만들어낸 모퉁이를 돌자 양문형 냉장고의 뒷면으로 막힌 막다른 길이다. 모두 생나무 마루 위에 놓였다. 바닥에서 올라오는 습기와 곰팡이로부터 가구들을 보호하고자 마루를 깔았을 것이다. 무대 같아 보인다. 걸을 때마다 발밑이 텅텅 울린다. 물건들의 기묘한 배치에 매료된 고미는 입을 다물고 돌아다니면서 장식장에 놓인 인형들, 자개 상자들, 양귀비와 딸기 무늬가 있는 접시들, 바닥에 놓인 호박색 샹들리에를 만지작거린다.

앨리시어는 책상 앞에 서서 게임하는 소년을 구경한다. 모니터에서 전개되는 화면을 바라본다. 영역을 만들고 에너지를 생산하고 군대를 먹이고 영역을 넓힌다, 라고 소년은 설명한다. 영역을 넓힐수록 더 많은 에너지를 생산할 수 있고 더 많은 에너지를 생산하면 더 많은 군대를 먹일 수 있다, 뭐? 왜냐고? 더 많은 군대로 영역을 넓힐 수 있고 더 넓은 영역으로 더 많은 에너지를 생산할 수 있고 더 많은 에너지로 더 많은 군대를 먹일 수 있고 더 많은 군대로 영역을 더 넓힐 수 있다니까, 너 머리 나쁘냐, 말을 못 알아들어, 그 소파 조심해라, 진짜 가죽이야, 우리 엄마가 아낀다, 뭐 가짜 가죽도 있느냐고? 장난하냐 지금? 소년은 화면을 노려보며 더 요란하게 더 분주하게 게임을 전개

시키다가 마침내 앨리시어에게 양보한다. 초조한 듯
게임에 간섭하고는 하다가 이내 흥미를 잃고, 화장대
앞에 앉아서 거울을 들여다보고 있는 고미를 바라본
다. 저건 자기 엄마의 스카프라고 소년은 말한다. 저
새끼가 왜 여자들 물건을 목에 두르고 있냐.

재 저런 거 좋아하냐.

어.

호모냐.

저런 거 좋아하면 호모냐.

호모지.

그럼 호모다.

에이 씨발, 별게 다 있네.

가지가지 한다 니네 동네, 라고 소년은 말한다. 야, 고
미가 거울 앞에서 돌아앉으며 말한다.

너 아까부터 자꾸 이 동네, 니네 동네 그러는데, 너는
여기 안 사냐?

뭐?

너는 이 동네 안 사냐고.

안 산다.

지랄한다. 그럼 여긴 뭐냐? 니네 집 물건 니 컴퓨터 여기 다 있는데, 여긴 뭐냐고.

여긴 임시야.

뭐?

원래 우리집은 여기가 아니란 말이다. 우리 아빠가 공무원인데, 여기서 잠깐 살고, 금방 아파트로 갈 거다.

무슨 소리냐 그게.

여긴 우리 동네가 아니고 니들 동네란 얘기지. 야, 그거 만지지 마, 그거 내놔.

화장대 쪽으로 걸어간 소년이 고미의 목에 둘린 스카프를 낚아챈다. 매듭 때문에 고미는 순식간에 목을 졸리고 기침한다.

아, 뭐야 존나.

내놔, 호모 새끼야.

내가 왜 호모냐, 이 새끼야.

이러고 노니까 호모지, 아 씨발 역겨워서.

내가 뭘 했다고 역겨워, 이 씨발 새끼야.

역겨우니까 씨발 역겹지, 새끼야.

씨발 그만해 새끼야.

역겹다, 역겹다, 새끼야, 어쩔래 새끼야, 너는 호모 새 끼고 이 새끼도 호모 새끼다. 니들 쌍으로 호모지? 호 모, 씨발 호모 동네다 니네 동네는, 씨발, 호모끼리나 놀아라 새끼들아.

내가 호모냐.

너도 호모지, 호모 새끼랑 다니니까 호모.

니가 모르는 모양인데 호모는 사람이란 뜻이야 이 새 끼야.

호모가 왜 사람이야 새끼야, 그게 어떻게 사람이냐고 씨발아, 애도 못 낳는데.

야 이 새끼 말 봐라.

니 말이나 봐 새끼야.

그래 호모다 내가 호모다 이 새끼야 어쩔래 새끼야 이 씨발 새끼야. 나는 호모고 너는 호모 아니지 새끼야, 이 호모도 아닌 새끼.

아 씨발.

씨발 그만하라고 새끼야.

아 존나.

존나 그만해라.

아 씨발.

씨발아 우리 간다.

가라 씨발.

간다고 씨발.

씨발 새끼들.

씨발아.

씨발.

씨발.

단추공장 진입로에서, 고미는 돌아갈까, 라고 말한다.

돌아가서 저 새끼 한 대 때려줄까.

때리고 싶냐.

어.

그럼 때릴까.

어 씨발.

한 대씩이다?

앨리시어와 고미는 단추공장 앞으로 돌아간다. 문은
닫혀 있다. 안쪽에서 고리를 걸어둔 듯 달각달각 흔들
리기만 할 뿐 열리지 않는다. 앨리시어와 고미는 번갈
아 문고리를 쥐고 흔들어보고 문 아래쪽을 걷어찬다.

문 열어라 씨발, 씨발, 하며 두들기고, 문 너머에 숨은 사람의 겁먹은 기색을 즐기면서, 달각 달각 달각 달각, 열리지 않는 문을 밀고 당긴다. 열리지 않을수록 더 거칠고 의기양양하게 문을 두드린다. 씨발 호모가 돌아왔다고 외친다.

여름내 울던 매미는 가벼워져 바닥으로 떨어지고 앨리시어는 그와 같은 소리를 밤에 듣는다. 퍽, 그리고 퍽, 하는 소리가 이어져 꿈이 어지럽고 몸은 괴롭다. 고막이 당기고 뼈마디가 뻐근해 소리를 지르며 잠에서 깰 때도 있다. 앨리시어는 자란다. 팔도 다리도 길어졌지만 여전히 씨발년을 이길 수 없다. 앨리시어는 그렇게 생각한다. 씨발됨의 상태일 때 그녀는 엄청난 파워를 지녔고 마찬가지의 파워를 지니지 않은 인간이라면 누구도 그녀를 이길 수 없다고 말이다. 앨리시어는 어느 날 그녀가 부엌에서 솥을 향해 허리를 구부리고 있는 것을 본다. 그녀는 그것을 옮기는 데 애를 먹고 있다. 그녀가 앨리시어를 발견하고 허리를 편다. 솥을 가리켜 보이며 이것을 옮기라고 말한다. 앨리시어는 무게를 각오하고 솥을 들어올린다. 그때 이상한 일이 벌어진다. 무겁지 않다.

조금도 무겁지 않다.

앨리시어의 어머니가 저 위로, 라고 재촉한다. 앨리시어는 솥을 들어서 그녀가 말한 위치로 옮긴다. 핏물에 잠긴 뼈들을 들여다보며 조용하게 자각한다. 그 순간을 눈치채고 기억해둔다.

이제 앨리시어는 그녀를 관찰한다. 동그란 얼굴, 목을 덮은 검은 머리카락, 아랫배가 약간 나온 어린아이 같은 몸, 가느다란 목과 작은 발톱, 짧게 자른 손톱, 먹을 때 음식을 향해 혀를 내미는 습관, 발을 거의 들어올리지 않고 발바닥으로 바닥을 스치며 걷는 모습, 개에게 먹일 것을 모으는 바구니를 엎는 모습, 당근 껍질을 벗기고 당근을 자르고 당근을 먹는 모습, 낮잠을 자고, 화장수를 바르고, 손가락 마디를 꺾고, 쓰레기통을 들여다보는 모습, 소독제와 세제를 사용해서, 섬유가 흐물흐물해질 때까지, 집요하게 얼룩을 세탁하는 모습을 관찰한다.

고모리에 재개발 공고가 발표되고 조합 사무실이 만

들어진 뒤로 앨리시어의 아버지는 외출할 때가 많고, 그녀는 그 시간 동안 견과류를 먹으며 텔레비전을 본다. 웃음이 많거나 누군가 즐거워 보이는 프로그램은 선택하지 않고, 고발하거나 고통을 다루는 프로그램, 아내가 남편을 배반하고 남편이 아내를 등쳐먹는 내용의 프로그램, 방치된 아이들, 더러운 집과 이웃에 불을 지른 사람들, 귀신이 들렸다고 주장하는 사람과 그를 고쳐보겠다는 사람들이 등장하는 프로그램을 틀어둔다. 장치를 통해 변조된 목소리, 몰래 녹음한 소리들, 부스럭거리는 온갖 불행한 소리들 속에서 그녀는 호두를 집고, 호두를 깨고, 호두 속을 꺼내고, 방금 꺼낸 호두 속을 다 먹기도 전에 또다른 호두를 집고, 호두를 깨고, 다른 호두를 집었는데 놓치고, 호두를 줍고, 호두까기가 시원찮은 듯 날을 벌렸다 접었다 해보고, 호두까기에 호두를 끼우고, 호두를 깨고, 호두 속을 꺼내고, 입에 넣고, 호두를 집고, 호두를 깨고, 호두 속을 접시에 모으고, 호두를 깨는 틈틈이 먹으면서, 두 줌 이상이 되도록 호두 속을 모았다가, 호두까기를 던져두고, 무릎과 가슴에 호두 속껍질을 묻헌 채로, 호두를 씹는다. 이게 보네, 하고 그녀가 말한다. 보고 있네? 재수없는 눈깔을 하고, 응? 보네?

＊

그녀는 이제 앨리시어보다 크지 않다.

앨리시어는 이제 그녀가 자신보다 크지 않으며 어쩌면 작을 수도 있다는 것을 알게 된다. 어깨를 대고 나란히 설 일이 없으므로 확실하게 알아낼 방법은 없지만 그녀가 문간을 지날 때, 현관에서 구두를 신으려고 서 있을 때, 부엌에서 등을 보이고 서 있을 때, 머리의 높이와 위치를 기억해두고 나중에 그 자리에 서보는 방법으로 비교하고 관찰해서 그것을 알아내고 깨닫는다. 놀랍다. 그건 아주 놀랍다. 어쩌면 앨리시어가 그녀를 이길 수 있다.

내가 이길 수 있을 것 같다, 라고 앨리시어는 고미에게 말한다.

내가 제압할 수 있을 것 같다.

때릴 거냐?

때릴 거다.

그래.

그럼 다 달라질 거 같다.

그럼 때려라.

그런데 궁금해.

뭐가?

잘 이기는 법.

그게 뭐냐?

왜냐하면 나는 이기고 싶고, 그것도 효과적으로, 이기고 싶고, 그건 이어져야 하니까. 씨발년은 강하잖냐. 존나게 강하잖냐. 어설프게 덤볐다가는 좆 된다… 그러니까 잘 이기고 싶다. 맛을 보여주고 싶다.

그래 맛을 보여줘라.

그래서 궁금한 거다. 한 번에 그녀를 이길 수 있는 방법. 그리고 지속적으로, 계속적으로 이길 수 있는 방법. 그런 방법이 있을 거고, 그걸 내가 꼭 알아야 된다.

그래.

너는 어떻게 생각하냐. 뭐 아는 거 있어?

난 모르겠다. 그냥 때리면 안 되냐?

이런 건 어디다 물어봐야 되지?

구청에 가볼래?

고미가 말한다. 고미는 방을 나갔다가 노란색 서류철을 안고 돌아온다. 고물상 주인의 것인 듯 표지에 커다란 지문 얼룩이 있다. 고미는 빠르게 페이지를 넘긴다. 투명한 봉투에 담긴 명함들, 종이들, 추진위원회, 진단, 조합, 공시지가, 협의 등등의 문구가 적히고 볼펜으로 무언가 그려진 종이들이 팔락팔락 넘어간다. 고미는 재물조사를 거부한다고 적힌 빨간 딱지들이 담긴 봉투 속에서 길게 접힌 팸플릿 한 장을 꺼내 바닥에 펼친다. 구청 홍보물로 전화번호와 안내문이 적혀 있다. 고미가 손가락으로 팸플릿을 눌러 보이며 말한다. 무엇이든 물어보세요, 여기 이렇게 적혀 있잖냐, 물어보라고.

우리 아버지하고 너희 아버지하고 동네 사람들, 요즘 여기 가서 뭐 많이 물어보더라. 우리도 가보자.

앨리시어와 고미는 팸플릿을 접어 바지 주머니에 넣

고 구청으로 간다. 정류장에서 버스를 타고 말없이 앉아 가다가 안내 방송을 듣고 하차한다. 구청은 대규모 아파트 단지 안에 있는 낡은 건물이다. 입구에 커다란 거울이 걸려 있다. 거울 주변이 어두워서 방문객은 거울의 존재를 몰랐다가 자기 곁으로 휙 따라붙는 그림자를 보고서야 흠칫 놀라 거울을 알아차리게 된다. 앨리시어도 그렇게 된다. 깜짝이야. 고미가 앨리시어의 곁에서 말한다. 거울에 비친 로비는 어둡고 널찍하다. 사람들이 긴 의자에 앉아 순서를 기다리고 있다. 앨리시어와 고미는 어떻게 해야 할지 몰라 서 있다가 다른 사람들이 하는 것을 보고 번호표를 뽑고 기다린다. 대기는 길고 지루하게 이어진다. 혼자서 로비를 어슬렁거리던 고미가 앨리시어의 곁으로 돌아와 팸플릿을 한 장 펼쳐 보인다. 주머니에 넣어 가져온 것과는 다른 것으로 모든 페이지에 만화가 그려져 있다. 여길 봐라. 각종 민원, 신고 접수, 가정폭력 상담, 가정폭력 이래. 앨리시어는 마지막 페이지의 만화를 들여다본다. 눈 밑에 주름이 다섯 개씩 그려진 아이들이 지친 듯한 모습으로 서 있고 그들 곁에 구겨진 양복을 입은 남자가 양팔을 치켜들고 한쪽 발로 공중을 차는 듯한 모습으로 서 있다. 그는 화를 내거나 힘껏 점프를 하거나 이제 막 어딘가에서 떨어졌거나 탈춤을 추는 것처럼 보인다. 앨리시어의 씨발년에 비하면 천진해 보일 정도지만 앨리시어는 그를 자세히 들여다보고 가정폭력이라는 말을 기억해둔다. 순서가 되었을 때 팸플릿을 펼쳐 데스크에 올린다. 오른쪽에서 왼쪽으로 서류를 옮기고 있던 여자가 그것을 보더니 얼굴을 든다. 그녀는 잘 보려는 듯 눈을 찡그리고 앨리시어와 고미를 한동안 보고 있다가 말한다. 가정복지과로 가봐요.

거기는 한 달 전에 임시 청사로 이전했어요. 그리로 가서 담당자를 찾아봐요.

앨리시어와 고미는 담당자를 찾아간다.

못할 게 뭐냐. 구청 직원이 가르쳐준 대로, 구청 앞에서 길을 건너고, 왼쪽으로, 성당이 보일 때까지 걷는다. 잘못 접어든 게 아닐까 싶을 무렵에 상가 건물 뒤편으로 성당 탑을 발견하고 마침내 임시 청사에 다다른다. 날은 맑고 이따금 빗방울이 떨어진다. 담당자와 가정폭력. 키워드를 가지고 로비로 들어설 때만 해도 못할 게 뭐야, 라는 상태로 의기양양했는데, 텅 빈 로비, 덜 마른 대리석 냄새가 나는 로비에서 바로 방향을 잃어버린다. 어디로 가야 할지 모르겠다. 이곳엔 안내판도 거울도 없다. 정면 높다란 벽에 검은 문자반을 가진 시계 하나가 걸려 있을 뿐이다. 경비원이 시계 아래 서서 이쪽을 유심히 바라본다. 그가 다가와 뭔가를 묻기 전에 앨리시어와 고미는 서둘러 엘리베이터를 탄다.

몇 층이냐?

아무거나 눌러봐.

엘리베이터는 사층에서 멈추고 앨리시어와 고미는 벽과 바닥이 희고 반들반들하게 빛나는 복도로 나간다. 복도 양쪽으로 폭이 좁은 문이 여러 개 달렸는데 모두 닫혀 있다. 앨리시어와 고미는 각각 왼쪽과 오른쪽으로 갈라져 문들을 살펴보고 그것 가운데 하나를 선택한다. 가정복지, 여성복지, 라고 적힌 조그만 종잇조각이 문 위쪽에 붙어 있다. 그걸 바라보며 망설인다. 이제 어떻게 할까. 두드릴까. 두드려도 되나. 두드려라. 두드리고 기다려도 아무런 대꾸가 없어, 아마도 비었을 거라고 생각하고 문을 연다. 파티션으로 정리된 사무실에 사람들이 고개를 숙이고 앉아 있다. 이렇게 많은 사람이 이렇게 조용하게 앉아 있는 광경을 앨리시어는 처음 보았고 놀랍다고 생각하며 열대식물 화분 곁에서 기다린다. 감색 넥타이를 맨 남자가 서류를 쥐고 자리에서 일어서다가 그들을 본다. 그가 무슨 일로 오셨느냐고 묻는다. 앨리시어와 고미는 서로를 바라본다.

복지과요.

여기가 복지과입니다.

우린 담당자를 만나고 싶어요. 가정폭력이거든요.

네?

담당자요. 가정폭력.

남자는 당황한 기색으로 두리번거리더니 일단 들어오라고 말한다. 앨리시어와 고미는 안쪽으로 안내된다. 실내가 문득 소란해진 이유를 알려고 고개를 드는 사람들 곁을 지나 파티션과 파티션 사이에 놓인 둥근 탁자 앞으로 말이다. 여덟 명 정도는 둘러앉을 수 있는 커다란 탁자에 메모지와 종이컵이 놓여 있다. 그들을 그 자리로 안내한 남자가 앉으라고 말하지만 앨리시어와 고미는 앉지 않는다. 그는 잠시만 기다리라고 말한 뒤 담당자가, 우리 담당자가, 하고 중얼거리며 여기저기 담당자를 물으며 돌아다닌다. 탁자에 놓인 종이컵 테두리에 갈색 얼룩이 묻어 있다. 고미는 소리를 죽인 텔레비전을 향해 고개를 돌린 채로 어딘가의 홍수 소식을 전하는 화면에 정신이 팔린 듯 서 있다. 야, 하고 앨리시어가 속삭인다.

그냥 갈까.

왜?

좆 됐다.

아 왜?

존댓말.

존댓말? 그게 왜?

그냥 그런 느낌이다.

남자는 남자와 마찬가지로 당황한 기색인 젊은 여자를 데리고 돌아오더니, 여기엔 담당자가 없다고 말한다. 여기는 상담하는 곳이 아니고 행정 업무를 보는 곳이라서, 음, 그러니까 행정적인 부분을 처리하는 곳이고, 상담은 사설 기관에 맡기고 있다며 필요하다면 전화번호를 주겠다고 덧붙인다. 그게 필요하냐고? 앨리시어와 고미는 필요하다고 답한다. 여자가 자기 책상으로 돌아가 메모지와 공책을 뒤적이며 전화번호를 찾는데 그녀는 그것을 좀처럼 찾아내지 못한다. 앨리시어와 고미는 탁자 곁에서, 엄청난 기세로 자기 책상을 뒤지는 그녀를 지켜본다. 이 소란을 확인하려고 파티션 너머에서 사람들이 머리를 들어올렸다가 내리는 것을 지켜보고 그녀가 마침내 메모를 찾아내서, 귀까지 빨개진 모습으로 새로운 메모지에 전화번호와 위치를 옮겨 적는 것을 지켜본다.

담당자를 찾아간다.
여기까지 왔으니까, 터프하게, 7081호를 찾아낸다.
상담센터는 임시 청사에서 두 블록 떨어진 거대한 오피스텔 건물에 있다. 벽에 붙은 안내도를 들여다보며 상담센터라고 적힌 명패를 찾고, 찾아내고, 층수와 호수를 확인한 뒤 엘리베이터를 탄다. 길고 어두운 복도에서 앨리시어가 망설이는 기색을 보이자 고미가 나서서 문을 두드린다. 대답이 없다. 두번째 노크에도 대답이 없어 돌아서려는 순간, 머리를 짧게 깎은 남자가 문을 열고 얼굴을 내민다. 그는 문고리를 잡은 채로 앨리시어와 고미를 확인한 뒤 문밖으로 머리를 내밀어 복도를 살펴보고 방문자들을 향해 묻는다.

학생들 상담하시려고?

네.

아 나는 지금 외출하려는 참이었는데.

…

…

하지만 들어와요, 들어와.

앨리시어와 고미는 요구르트색 러그가 깔린 현관에 신발을 벗어두고 상담실로 들어간다. 앨리시어는 이 장소로 들어서자마자 돌아나가고 싶다고 느낀다. 앉으라는 대로 일단은 앉았지만 그 공간을 되는대로 장식하고 있는 것들, 편의상 놓인 것들, 가정집 같은 분위기와 냄새에 일차적으로, 와서는 안 될 곳, 예컨대

남의 집에 오고 말았다는 느낌이 들었기 때문이다. 아래쪽 단이 구겨진 블라인드, 커다란 밤색 책상, 두꺼운 유리 아래 끼워 넣은 고지서와 세계지도, 수선화화분, 가족사진을 끼운 액자, 지문투성이 검은 전화기, 누비천으로 감싼 휴지 상자, 바닐라향 핸드크림, 그리고 상담사의 엉덩이와 등에 짓눌려 움푹 꺼진 가죽 의자. 책상 위엔 먹다 남은 빵과 버터를 얹어둔 접시가 놓여 있다. 실례, 라고 말한 뒤 그는 접시를 가지고 어딘가로 갔다가 휴지로 손가락을 닦으며 돌아와서 푹 파묻히도록 의자에 앉는다. 자, 하고 책상 건너편에서 그는 말한다. 시작해봅시다.

흉기를 사용하나요, 라고 그가 묻는다.

앨리시어는 잘 생각해보고 대답한다.

아니요.

묶거나 감금하나요.

아니요.

…

그냥 때려요.

그냥 때린다, 하고 그는 상담 일지에 볼펜으로 적는다.

더 해보세요.

이야기를 더 해보세요, 라고 그가 말하고 앨리시어는 더 한다.

씨발년이거든요.

음?

씨발년이 된다고요.

…

상담사가 천천히 고개를 끄덕이며 상담 일지에 무언가를 적고, 앨리시어가 그 내용을 보려고 고개를 빼자 그는 방금 전에 쓴 것 위에 동그라미를 여러 겹 그려 그것을 볼 수 없게 만든다. 그는 상담 일지 위에서 양손을 맞대고 떨어뜨리고 다시 맞대면서 앨리시어를 바라본다. 고미는 발가락에 걸린 슬리퍼를 내려다보며 발을 떨고 있다. 상담사는 뭔가를 더 적고 고개를 든다.

그래요… 학생의 이야기를 들어보니 우리 부모님에 대해서 상당한 적개심을 가지고 있고, 가질 수 있는 상황이라고, 나는 판단해요. 그렇지만 이런 경우 부모님 각각이 지니고 있는 상처라는 것이 있을 수 있는 거거든요. 어머님에게나 아버님에게나 우리 학생이 미처 알지 못하는 내밀한 상처 같은 것들이 있을 수 있어요. 이런 상처들을 제때 제대로 치료받거나 위로받지 못하고, 관심도 받지 못하고, 사랑받았다는 경험도 부족할 수 있고요. 보호받아야 했을 때 자신은 보호받지 못했다는 상처… 외로움… 이런 것들이 안에서부터 곪아서 모든 일들의 원인이 될 수 있는 거거든요. 이런 이야기들은 학생의 이야기만 들어서는 알 수 없고, 우리가 같이 들어봐야 하는 거거든요. 그런 경험을 통해서 부모님도 자기감정을 정화하고, 자기 트라우마를 객관적으로 들여다볼 수 있는 기회를 제공받고, 우리 피상담자들도, 이쪽은 동생인가요? 아니라고요? 상담은 본래 직계가족 말고는 동석할 수 없는 거예요… 그래서 우리 학생도, 부모님의 행동에 관해 다른 방식으로 생각해볼 수 있는 것이고요. 우리 학생이 몇 살이라고요? 아니 그렇게나 됐나요? 어려 보이네… 우리 학생은 가족에 관해 부정적인 생각을 하고 있을 테지만, 만사의 근원은 가족인 거예요. 가족이 붕괴되면 사회가 붕괴되고 사회가 붕괴되면 나라가 아주 망조가 드는 거거든. 그래서 우리 센터의 활동 목적이 붕괴된 가족을 복구해보자… 물론 쉽지는 않은 일이지만 아주 불가능한 일도 아니에요. 우리학생보다 더한 케이스였지만 결국 조금씩, 이겨내는 사람들도 있어요. 그렇게 되려면, 부모님과 학생, 혹은 아버님과 어머님, 양방 간의 끈질긴 대화를 통해서 우리가… 서로의 상처를 이해하려는 노력과 인내심이 필요한 거거든요. 쉽지는 않을 테지만 그런 과정을 통해서 우리가 서로, 서로서로 가진 상처를 이해하고 화해하고… 이해하고 화해하고… 그러다보면 어느 순간, 어머니를 가지고 씨발년이라고, 음? 아주 안 좋은 욕을 한다거나… 그런, 과거의 자신에 대해 거리를 두고 생각해볼 수 있는 시간이 올 수도 있는 거고요…

…

…

우리 학생 질문이 뭐였죠? 어머니를 때려도 되느냐 아니냐… 아니라고요? 강해지는 법? 계속 이기는 법? 대답하기가 곤란한 질문이네요… 무엇보다도 우리는 피상담자더러 무엇을 해라, 하지 마라, 라고 행동적인 지침으로 조언을 해줄 수는 없는 거거든요. 본분이 상담이니까요. 다음에 부모님을 모셔오세요. 예약을 하고, 아 오늘은 특별한 경우라서 그냥 진행했지만 본래는 반드시 예약을 해야 합니다. 전화로 연락을 하고 오세요. 부모님과 함께, 가능하다면 두 분을 모두 모셔오고, 사정이 안 된다면 어머님만이라도 꼭, 모셔오세요.

하여간에 씨발년은, 안 되는 거예요.

앨리시어와 고미는 엘리베이터를 타고 건물 입구로 내려온다. 비가 내리고 있다. 이번에도 금방 지나갈 테지만 우산을 쓰지 않으면 젖을 정도로 내리는 비다. 앨리시어와 고미는 차양 끝으로 흘러내리는 빗물을 바라보며 서 있다가 만둣가게로 들어간다. 만두를 주문하고 끈끈한 탁자에 팔꿈치를 올리고 앉아 기다린다. 만두를 뚱하게 씹는다. 만두를 찌는 김으로 만둣가게 창이 뿌옇다. 우산을 펼친 사람들이 횡단보도를 건너고 그 가운데 한 사람이 우산 바깥으로 손을 내밀어보더니 우산을 접는다. 실망스럽다. 오늘의 실패는 무엇 때문일까. 앨리시어는 단무지를 씹으며 생각하고 말한다. 좆같다. 애초에 말이 통하지 않는다. 말귀가 없다. 못 알아듣는다. 고미가 고개를 끄덕인다. 뭐가 제대로 되어 있는 게 없는 것 같다. 상담은 뭐 똥을 싸고… 불을 질러라. 야 차라리 불을 질러버리자 씨발. 다 좆같다.

앨리시어와 고미는 만두를 다 먹고 고모리로 돌아간다. 고미는 고물상 앞에서 고물상 주인에게 머리를 잡힌다. 내가 할머니를 잘 보고 있으라고 했냐 안 했냐. 저 망나니 새끼랑 다니지 말라고 했냐 안 했냐.

작별인사도 나누지 못하고 마당으로 끌려들어가는 고미를 바라보고 있다가 앨리시어는 집으로 간다. 발에 밟히는 굵은 돌을 줍고 돌이 한주먹 모였을 때 온 길을 되돌아간다. 모은 돌을 왼손에 담고 오른팔을 침착하게 휘둘러 고물상을 향해 돌을 던진다. 다섯 개째에서 유리가 깨지고 고물상 주인이 집안에서 소리친다. 야 이 씹, 쎄끼야.

앨리시어는 달린다. 달리고 달려서 집에 이르고 아버

지가 집 앞에 나와 있는 것을 본다. 은행나무 아래 뒷 짐을 지고 서서 집을 조망하듯 올려다보고 있다. 개가 개장 속에 엎드려서 노인을 지켜보고 있다. 앨리시어 는 멀리서 그 광경을 바라본다. 고모리에도 비가 내렸 는지 바닥이 젖었다. 빗물에 젖은 마당은 어둡고 걸쭉 해 보인다. 개장 냄새가 밴 풍경이다. 앨리시어는 노인 의 뒷모습을 보며 상상한다. 이해하고… 화해하고… 상담센터의 밤색 책상 앞에, 그와 나란히 앉는 모습을 생각해본다. 발을 쥐고 머리를 끄덕이며 노인은 말할 것이다. 사람은 누구나 똑같은 가치를 가지고 있단 말 입니다… 알어? 나고 자란 목숨 가운데… 나의 인생 을… 이해하고… 화해하고… 가족이다, 라고 말하는 그를 상상하면서, 멀리서 바라본다.

형.

…

형.

…

낮에 어디 갔었냐.

…

형.

…

씨발.

…

들었냐.

…

나 씨발이라고 했다 지금.

…

형.

형, 내가 얘기해줄까, 라고 그가 말한다.

고미 형이 그러는데, 라디오엔 출력석이라는 부품이
있대. 출력석의 석 자가 돌이라는 뜻이래. 돌도 아닌
데 그렇대. 그거 이름이 왜 출력석인지 아냐?

…

옛날 사람들은 돌에 바늘을 대고 라디오를 들었대.

…

돌.

…

진짜 돌.

…

옛날엔 되게 시끄러웠겠다 그지?

…

바늘만 있으면 라디오를 들을 수 있으니까, 다들 듣고
싶을 때 들었을 거 아냐? 학교 가다가도 집에 가다가
도 똥 싸다가도 돌에 바늘을 대고, 노래, 노래, 노래.

…

재밌었겠다.

…

형 듣고 있냐.

…

형.

앨리시어가 이야기를 해줄까.

여기 이 모퉁이에서.

작은 마을에 관한 꿈이다. 복숭아술로 유명한 마을이

라고 해두자. 앨리시어는 그 마을의 주민으로 태어나 다른 많은 아이들과 함께 좁은 방에 갇혔다. 밥도 약도 없이 말이다. 모두 어두컴컴한 방에서 높은 곳에 달린 창을 향해 머리를 들고 서 있다. 움직이면 서로의 몸이 닿는 그 방을 탈출했던 아이들은 도로 잡혀들어간다. 이번엔 같은 방에 갇히지 않고 좁은 방에 따로 갇힌다. 앨리시어는 다른 아이들의 소식을 들을 수 없고 그들도 앨리시어의 소식을 듣지 못한다. 마을에 축제가 벌어지는 날이었다. 좁고 깊은 개천을 따라 노점들이 설치된다. 색색의 지등이 걸리고 저고리를 입은 사람들이 춤을 추며 마을을 돌아다닌다. 축제가 가장 화려해진 순간에 시체가 발견된다. 작은 발뿐이다. 축제는 중단되고 수색이 벌어지고 살인범이 발견된다. 그는 밧줄에 묶인 채로 나타난다. 많은 사람들이 그를 보러 모인다. 모두가 그의 어리둥절한 표정을 본다. 그는 몸집이 크고 피부가 희다. 밀가루 반죽으로 어설프게 빚은 쿠키처럼 생겼다. 쿠키맨은 어리둥절한 표정을 하고 사방을 둘러본다. 경찰이 그가 알려주는 대로 노점들을 팽팽하게 고정시키고 있는 밧줄을 끌어당긴다. 신체 일부를 담은 작은 자루들이 개천에서 올라온다. 밧줄 하나에 하나씩이다. 마지막으로 가장 큰 덩어리가 물속에서 올라온다. 자루를 째자 팔다리를 잃은 몸이 흘러나온다. 앨리시어는 그 몸을 알아본다. 죽지 않았으면 했던 몸이다. 앨리시어는 그를 불러보려고 입을 벌린다. 그 이름을 부르고자 숨을 들이쉰 순간 혀가 사라지고 입이 닫힌다. 경찰이 살인범에게 자를 쥐여주고 그 몸의 길이를 재라고 명령한다. 그가 놀라운 집중력을 발휘하여 몸의 길이를 잰다. 머리부터 꼬리뼈까지 삼십오 센티미터! 쿠키맨이 검지를 치켜들고 외친다. 앨리시어는 그 모든 광경을 지켜보지만 어떻게 볼 수 있는지, 언제 어떻게 그 방을 빠져나왔는지, 도대체 살아남는 데 성공하기나 한 것인지, 아무것도 아무래도 알 수 없는 상태로 이 꿈은 중단되지도 않고 이제, 이제 어떻게 끝날까.

*

논둑에 개가 드러누워 있다. 그는 이제 개라기보다는 개의 흔적이다. 부패가 진행되는 동안 부풀었던 배는 갈비뼈의 형태를 드러내며 납작하게 가라앉았고, 털이 빠지고 가죽이 말라붙은 머리엔 누런 두개골이 드러났다. 조금 떨어진 곳에서 보면 그는 우연히 길가에 떨어진 닳아빠진 가죽 한 장이다.

앨리시어는 돌을 던진다.

매번 던질 때마다 더 정확하고 적확하게 표적을 명중시키는 연습을 한다. 앨리시어의 무기는 어느 때고 사방에 있다. 일일이 가지고 다닐 필요도 없이 천지에 파편들이다. 앨리시어는 필요할 때 허리를 구부려 그것을 줍고 침착하게 표적을 겨냥한 뒤 대개는 명중시킨다. 돌을 고를 때는 너무 크거나 너무 무거운 것을 고르지 않도록 한다. 작고 단단할수록 좋다. 앨리시어의 돌은 가볍고 작게 허공을 날아 목표물에 구멍을 내거나 빨간 찰과상을 만들어낸다. 사람으로서는 동생의 공책을 없앤 정의로운 소녀가 첫 표적이다. 그녀는 어디서 날아오는지 모를 따끔한 돌팔매질에 어깨를 맞고 뒤를 돌아보고 옆을 바라보고 위를 바라보지만 돌이 날아오는 방향을 알 수 없어 짜증을 내다가 겁을 먹고 울어버린다. 마을 주민들도 있다. 형제가 똑같이 저능하다고 대놓고 뒷말을 한 이웃들, 허락도 없이 감을 따먹는다고 욕을 퍼부었던 이웃, 사탕을 훔쳤다고 손목을 비틀고 눈을 부라렸던 이웃, 지나가는 척하며 앨리시어의 집에서 나는 소리를 몰래 듣고 간 이웃들, 앨리시어는 그들의 열매, 물건을 향해 돌을 던지고 난폭한 새끼가 된다. 저능한 새끼에서, 저능한 것도 모자라 난폭한 새끼가 된다. 저능한 것도 모자라 난폭한 새끼는 좋다. 저능하지도 않으면서 난폭하거나, 무능한데다 난폭하지도 못한 새끼보다는 좋다고 앨리시어는 생각한다. 가시처럼 뾰족한 인간이 되어 고모리를 돌아다닌다.

우리는 재물조사를 거부한다. 고모리 사람들은 그렇게 적힌 빨간 카드를 대문에 붙여두었다. 색깔과 생김새가 과녁으로 삼기에 좋아 앨리시어는 그걸 돌로 맞히며 돌아다닌다. 어느 날 앨리시어가 이미 여러 차례의 돌팔매질로 구겨진 카드에 십여번째의 돌을 던지고 있을 때, 고모리 반장을 맡고 있는 여자가 다가와서 말한다. 얘, 그거 건드리지 마라. 떨어지면 안 되는 거다.

집에 어른 계시니? 하며 그녀는 앨리시어를 앞세우고 개장 앞을 지나 현관으로 들어간다. 바퀴 달린 여행가방을 가지고 있고 한겨울인데도 검은 챙이 달린 선캡을 썼다. 그녀는 가방부터 집안으로 들인 뒤, 집을 이렇게 지었네, 라고 말하며 거실을 둘러본다. 앨리시어의 어머니가 거실에 있다. 고모리 반장이 그녀에게 연락을 받았느냐고 묻는다. 앨리시어의 어머니가 앨리시어를 바라보고 앨리시어가 고모리 반장을 바라본다. 못 받았다고? 이 집도! 내 이럴 줄 알았어. 통장이 요즘 자기네 보상 문제로 정신이 없어가지고, 하고 단숨에 말한 뒤 그녀는 가방 지퍼를 열고 희고 납작한 꾸러미를 꺼내 거실에 엎어둔다. 앨리시어의 어머니가 그것을 펼쳐본다. 실밥이 여기저기 달라붙은 여성용 소복이다. 세 벌이야, 라고 말하고 반장은 물을 한 잔 청한다.

내가 물 한 잔 마셔야겠네. 아침부터 이렇게 온 마을을 돌아다니고 있는데 뭐 연락도 받지 못했다는 집이 왜 이렇게 많은고. 이게 뭐냐면, 우리가 구청하고 시청에 쳐들어가려고. 모레 아침에, 그때 입으라고 갖고 왔어. 이 집도 와야 돼. 꼭 나가야 되느냐고? 그런 말이 어디 있나 이 시점에. 이 집은 보상 안 받을 건가? 아니 아까 전에 들른 집에서는 뭘 그렇게까지 하느냐고 점잔을 빼더니 이 집은 또 왜 이래? 왜 이렇게 이기적이야들. 고모리에 주민이 얼마나 된다고 여기서 빠져요? 우리만 나오는 게 아니야. 옆 동네에서도 와요. 여기다 논하고 밭을 만든대. 생태 환경이라나 뭐라나. 아니 개발해서 논이며 밭두렁 파놓을 거면 지금 멀쩡한 논밭은 뭐하러 엎나? 괜히 땅값만 떨어지지. 옆 동네에서도 나오는데 당사자인 우리가 안 나갈 거야? 우리가 더 잘 받으려고 하는 거니까 이 집은 그냥 믿고 하라는 대로 해. 돈이 얼마야? 여기다 빌딩 올리면 값이 얼만데 걔들이 주겠다는 대로 받고 나가나? 믿어요. 우리 삼촌이 집장사를 해서 이런 일을 잘 알아.

우리 마을은 세대가 많지 않아서 웬만하면 부르는 대로 다 받을 수가 있대요. 저쪽도 우리 쪽 간을 보느라고 금액을 낮게 매기고 보는 거야. 이런 일은 본래 밀고 당기는 거라고. 제대로 집값 땅값 받으려면 한 집이라도 더 나와야 되는 거야. 걱정하지 말고 우리가 하라는 대로 하라고요. 막말로 우리가 통장댁처럼 영 아닌 걸 받겠다고 우기기를 해 뭘 해? 그 집이 아주 욕심이, 욕심이… 사 년 전에 사층짜리 빌라 지어서 형제들하고 이름 올렸는데 글쎄 돈도 싫다, 아파트도 싫다, 땅을 달래요. 자기는 아파트로 받고 나머지 세 집 면적으로 땅을 달라는 거야. 한 집 면적에 네 집을 올렸는데 어떻게 그걸 다 땅으로 받아? 말이 되나? 말아니거든. 근데 달래요. 받겠대. 눈을 부라려. 사람이 그렇게 되데. 나 같은 사람은 그런 거 보면서, 참 사람이 저렇게까지 해야겠느냐, 싶은 거지. 우리야 우리가 받을 거, 상식적으로다가 우리 거 달라고 요구하는 거니까, 그날 꼭 나와요. 우리가 해야지. 여자들하고 애들하고. 아저씨들은 다른 중요한 일 하라 그러고. 이런 일은 여자들하고 애들이 해야 돼. 남자가 끼면 쓸

148

데없이 소란해지고 험악해져요. 애들도 입어야지. 애들이야말로 입어야 돼. 우리 마을에 애가 딱 다섯인데 이 집이 힘껏 도와야지. 남자애면 어떤가? 남자애고 여자애고 이거 입혀두면 다 똑같아. 애, 너 모레 아침에 엄마랑 나와라. 니가 모시고 와. 뭐 학교? 애, 너 지금 그게 문제냐.

지랄하네.

그렇게 평가하고도 앨리시어의 어머니는 소복을 거실에 펼쳐둔다. 모레 아침이 되었을 때 그녀는 고구마를 베어먹으며 옷고름을 만지작거리다가 아들 둘을 거실로 불러내 소복을 입힌다. 스웨터와 바지를 입은 몸에 치마를 입히고 저고리를 입힌다. 앨리시어의 동생이 입은 것은 저고리 소매와 치마 밑단이 남아돈다. 그녀는 재봉 가위를 사용해 발목 길이로 밑단을 잘라내고 소매를 접어 길이를 맞춘다. 다 입혀두고 조금 떨어진 곳으로 물러나 감상하고 깔깔거린다. 고구마 조각을 담은 접시가 그녀의 발에 차여 구석으로 미끄러진다. 재미가 있겠다고 그녀는 말한다. 꼴통 년들이 이렇게 입고 나온단 말이지, 응? 재미가 있겠어.

내가 그 꼴들을 한번 봐야겠다, 하고 그녀는 말한다.

담뱃가게 앞에 고모리 사람들이 모였다. 소복 위로 점퍼나 외투를 입은 여자들이 입김을 뿜으며 출발을 기다린다. 통장의 다섯 살짜리 손녀가 옷고름을 팔랑거리며 여자들 틈을 돌아다닌다. 학교에 갔는지 고미는 나오지 않았고 단추공장 소년도 보이지 않는다. 미성년자를 제외하고 서른두 명이 모였다. 앨리시어는 그들 가운데 절반 이상을 알아보지 못한다. 낯선 사람들이다. 앨리시어의 이웃에 사는 잘 모르는 사람들. 크고 길게 자른 방수천에 페인트 붓으로 글자를 쓴 현수막도 준비되었다. 공공기관 들어온다더니 논두렁 밭두렁이 웬 말이냐, 조합원 일동. 부당한 개발 보상금은 웬 말이냐, 주민 일동. 고모리 주민들은 현수막을 어디서부터 펼치고 가느냐, 누가 들고 걷느냐, 하는 문제로 진지하게 의견을 나눈다. 앨리시어의 어머니가 여자들 사이에서 눈을 빛내며 서 있다. 아무도 그녀에게 말을 걸거나 특별하게 인사를 건네지 않는다. 고모리 사람들 대부분이 그녀를 향해 미묘하게 등을 보인 채 이야기를 진행하고 있다. 그녀는 멀다고도 가깝다고도 할 수 없는 거리에서 상황을 관찰하고 있다. 앨리시어는 그들을 관찰하는 그녀를 관찰한다. 얼굴은 푸르스름한 기미로 덮였고 눈은 째졌고 입은 조그맣게 다물려 있다. 고모리 반장이 그만 가자고 외친다. 이제 다 나왔나. 나올 사람은 다 나왔다. 안 나온 집은 어느 잡놈의 집구석인가. 이제 가자, 라는 결론으로 현수막이 펼쳐지고 행진이 시작된다.

앨리시어는 현수막을 지탱하는 막대를 쥐고 후미에서 걷는다.
일렬로 걷는 사람들의 뒤통수를 바라보며 맨 뒤에서 행렬을 따라간다. 지나가는 보행자와 운전자들의 눈에 띄도록 현수막을 치켜들라는 주문을 받고 그렇게 하며 갓길을 걷는다. 날이 흐리고 기온이 낮아 앞선 사람들의 귀가 빨갛게 얼었다. 모처럼 소복을 입었는데 겉옷 때문에 조금도 티가 나지 않는다는 의견이 있은 뒤로는, 모두 외투나 점퍼를 벗고, 옷고름과 옷자락을 더욱 휘날리며, 누군가의 말에 따르면 본인의 상태에 따라 유도리 있게, 겉옷을 벗었다 입었다 하며 묵묵하게 행진한다.

앨리시어가 이전 방문에서 보았던 것과 같이 구청은 어둡고 널찍하다. 순서를 기다리던 사람들과 공무원들이 현수막을 들고 나타난 소복 집단을 물끄러미 바라본다. 고모리 사람들은 입구에서 잠시 머뭇거린다. 통장의 등에 업혀 있던 아이가 투정을 부리며 울고, 두 개의 현수막은 펼쳐지지도 접히지도 않은 상태로 바닥을 향해 늘어진다. 이제 어떡하나?

번호표를 뽑아요.

의견머리들 없기는. 우리가 항의하러 왔지 면담하러 왔어?

소복에 검은 털실 목도리를 두른 여자가 한 걸음 나서며 구청장은 나오시라고 외친다. 청원경찰이 현수막을 곁눈으로 살피며 다가온다.

아주머니들 여기서 이러시면 안 됩니다.

아저씨 내가 여기서 이러시지 않으면 어디서 이러실까.

무슨 말씀 하시려는지는 알겠는데요, 여기서 이러신다고 될 일이 아닙니다.

될 일인지 아닌지는 우리가 직접 얘기를 해봐야 알겠네 아저씨.

구청장 한번 보자.

우리집이 얼만데 감정가를 그따위로 먹여?

제대로 감정해라.

재개발한다면서 논밭이 웬 말이냐. 땅값 떨어진다!

상가 조성하고 병원 세울 거라면서? 애초 계획하고 왜 말이 달라? 아니 시골도 아닌데 우리가 그 논을 보고 뭐할 거고 밭을 보면 뭘 할 거야. 여름에 모기만 들끓어.

제대로 하라고, 감정!

사업 그따위로 진행하는 사람들 얼굴 좀 보자.

구청장!

알겠으니까 이만하시고 가세요.

알기는 댁이 뭘 알아? 정말 알아? 서남쪽 동네하고 우리하고 돈이 왜 그렇게 다른지 그럼 댁이 말해보시오. 그쪽 땅엔 황금 묻혔고 우리 땅엔 똥 묻혔나? 왜 우리 땅하고 우리집만 값이 그따위냐고 구청장!

구민이 죽는다.

우리 다 죽는다 아주.

아주머니들 여기서 계속 이러시면 체포될 수 있어요.

지금 그게 말이야 소야? 우리가 거지야? 우리가 구민
인데 왜 댁이 우리를 체포해? 왜 우리더러 가라 마라
야? 야 체포해라. 내가 여기 드러눕는다. 눕는다고 내
가, 아잇 이거 안 놔? 내 몸에 손댔냐? 손댔냐 지금?

눈이 올 것 같다.

당장 내리지는 않더라도 아마도 밤에는 올 것이다. 대
기가 이상하게 적막하고 소란스럽다.

형.

…

춥다.

…

뛸까.

…

뛰면 안 추운데.

앨리시어는 구청 마당의 화단에 앉아 사람들을 바라
본다. 소복을 입은 사람들이 못 이기는 척 바깥으로

밀려나와 마당으로 내려온다. 분을 못 이기고 구청을 향해 던지는 말로 마당이 소란스러워진다. 흰 소복을 입은 사람들이 계단을 내려와 마당에 모인다. 문득 침묵이 흐르고, 금방이라도 해산될 것처럼 분위기가 어색해지자 고모리 반장이 바닥에 은박 돗자리를 펼친다. 현수막도 바닥에 펼쳐두고 모두 돗자리에 앉아서 쉰다. 들어오고 나가는 사람들이 고모리 사람들을 돌아본다.

우리 머리도 풀어야 되지 않나.

뭘 그렇게까지 해요.

그렇게까지라뇨, 나는 저거 생각하면 뭐라도 하겠네.

나는 곱슬이라 풀 머리도 없어요.

아이고 바람 매워라.

머리는 풀더라도 겉옷은 좀 입자고요.

구청 로비에서 악을 쓰고 울던 아이는 이제 구청 마당을 돌아다니고 있다. 옷자락과 옷고름 날리는 재미를 느끼는지 자기 발을 내려다보며 뛰고, 구청 로비로 올라가는 계단을 향해 달려가고, 올라가도 되는지 가늠해보듯 위쪽을 바라보다가, 소복 자락을 밟아가며 다섯 개의 넓적한 계단을 뒤뚱거리며 올라간다. 앨리시어의 어머니가 구청 로비에 남아 손짓하고 있다. 앨리시어는 거친 단발머리로 덮인 그녀의 얼굴을 알아본다. 그녀는 벌써 소복을 벗었다. 유리문 안쪽에서 까닥까닥 손을 흔들어 앨리시어를 부르고 동생도 데려오라고 손가락으로 가리켜 보인다. 로비로 돌아가자 그녀는 앨리시어의 동생을 여성용 화장실로 밀어넣고 소복을 벗긴다. 앨리시어의 동생은 그녀가 하는 대로 멍하니 몸을 맡긴다. 옷에서 사람을 털어내듯 마구 흔들어 벗기다가 저고리 겨드랑이가 찢어지자 그녀는 그의 뺨을 딱 때리고 마저 벗겨나간다. 재미난 것은 다 본 것이다. 더 재미난 것을 보게 될 줄 알고 따라왔더니 쪽만 팔리네. 그녀는 그렇게 말하며 소복을 말아서 쓰레기통에 쑤셔넣고 앨리시어를 향해 돌아선다. 앨리시어의 차례가 되었다. 그녀가 깃을 움켜잡는다. 그 손을 잡자 의아한 것을 보듯 그녀가 앨리시어를 본다.

앨리시어가 그녀를 본다. 눈높이가 그녀보다 조금 아래쪽이다. 아직은 그렇다. 그녀의 맥박이 엄지 아래 있다. 손목은 가늘고 차갑고 딱딱하다. 피부, 사람의 피부인데 피부라는 거, 잘 느끼지 못하겠다. 그녀 역시 같은 것을 느끼는지도 모르겠다고 앨리시어는 생각한다. 같은 것을 느끼는 거고, 그것은 곧 같은 것을 느끼지 못한다는 뜻이 될 것이다. 앨리시어에게 그녀는 사람이 아니다. 사람 아닌 어떤 것, 말하자면 씨발. 그녀에게도 앨리시어가 그럴 것이라는 걸 앨리시어는 그때 알아차린다. 그녀에게 앨리시어는 사람이 아니다. 사람 아닌 어떤 것, 말하자면 씨발, 감각하고 반응한다고는 상상할 수 없는 것, 상상하기가 싫은 것. 그녀는 곧 얼굴을 찡그리며 공격해올 것이다. 그때 앨리시어는 생각하게 될 것이다. 지금 내 대가리를 때린 저 손을 꺾어버리면 부러질까. 예컨대 그런 생각을. 알맞게 부러지고 알맞게 아플까. 아프겠지, 다시는 내 몸에 손대고 싶지 않을 정도로 씨발 아플 거다. 그 맛을 보여줄까. 내가 그 맛을 보여줄 수 있다는 것을 지금 보여줄까. 그리고 그렇게 하는 순간이 올 것이다. 지금 당장은 아니더라도 언젠가는, 조만간은, 이제 곧, 역전되는 순간이 말이다. 언제가 될까. 내일?

내일?

내일?

그때가 되면 맛을 보여준다, 라고 앨리시어는 생각한
다.

앨리시어가 맛을 보여주겠다.

이길 것이다.

끝날 때까지 그것은 끝나지 않을 것이다.

＊

그대는 어디까지 왔나.

앨리시어의 아버지가 개를 끓인다. 개를 끓이는 냄새
는 독특하다. 다른 짐승을 끓이는 냄새와는 다르다고
앨리시어는 생각한다. 잡식하던 몸을 삶는 냄새, 털
많은 짐승을 끓이는 냄새, 그것은 말하자면 인간의 땀
냄새와도 같다. 앨리시어의 아버지는 매번 마당에서
개를 끓이고 그가 개를 끓이면 그 냄새가 번져 사람들

이 개를 먹으러 온다. 노인은 이번에도 벽돌을 쌓아 만든 화덕에 불을 피우고 솥을 올려두었다. 그는 불을 들여다본다. 개장 속에 남은 개들이 개장 바닥에 엎드려 그를 보고 있다. 개를 잡은 수돗가엔 피를 씻어낸 물자국이 남았고 평소엔 낚시 도구들과 함께 창고에 놓였다가 오늘 같은 날에 특별하게 햇빛을 보는 낡은 도마, 날이 바짝 닳은 칼, 칼날을 되살리는 데 사용되는 숫돌이 수돗가 가장자리에 놓여 있다. 개를 씻을 때 물이 넘친 흔적으로 가늘고 굵은 도랑이 마당에서 논을 향해 여러 줄기 파였고 은행나무 아래쪽은 새롭게 부산물을 묻은 흔적으로 흙이 일어나 있다.

오늘 앨리시어의 아버지는 흡족하다. 바라던 가격으로 집과 땅을 넘기게 되었다는 소식을 들어 그는 기쁘다. 개들도 머릿수대로 충분한 값이 되었다. 그의 아들과 딸은 그의 덕을 보았으니 이제 그에게 잘 대해줄 것이다. 그는 모두가 그의 인근에 모여 살기를 원한다. 그렇게 될 것이다. 오늘 개를 먹고 나서도 고기는 상당한 분량으로 남을 것이다. 노인은 남은 것을 저장해두고 조금씩 덜어내 진하게 끓여서 먹을 것이다. 거의 일

주일 동안은 개가 그의 주식이고 반찬이 될 것이다. 잡맛을 가리는 데 사용된 들깨 냄새가 구석구석에 밸 것이고 앨리시어는 그 냄새 속에서 잠들고 깰 것이다.

고모리 곳곳에서 사람들이 개를 먹으러 모였다. 잔칫상 가운데 버너와 냄비를 두고 국을 끓이며 술을 마신다. 압도적인 화제는 건강과 보상, 그 가운데 보상이라서, 그들 가운데 한 명이 술병 마개를 돌리며 조금 전에 한 이야기를 또 한다.

들어보시라.

또 뭐를요.

내가 내 아들을 세입자로 들였단 말이다.

아이고 그 얘기를 또 하나요 형님.

글쎄 들어봐, 마당에 창고가 있어요, 내 손으로 벽지 바르고 구들 깔아서 거기에다 아들 내외를 세입자로 들였다 이 말이야, 걔네가 오 년이나 거기 살았는데 보상이 안 된다잖아, 세입자가 아들이라서 딱지를 주지 않겠대요, 이런 개 같은 경우가 있어, 내 말은, 자식이 세입자가 되면 안 되느냐는 거야, 남의 집에서 세살이할 바엔 차라리 부모 집에서 세를 내고 살아라,

이럴 수도 있지 이게 왜 말이 안 되느냐는 말이야, 부당하고 억울해서 내가 펄쩍 뛸 일이다. 아뇨 형님 그건 아니지, 뭐라고 이 사람아, 그건 안 돼요, 아니 그게 왜 안 돼, 그건 그야말로 보상 목적이잖아요, 아닌 말로 형님 아들네가 오 년을 살기는 뭐, 주소만 거기 두고 일 년이나 살았을까 말까 했잖아요, 저도 알고 형님 본인도 아는 내용인데 왜 자꾸 그 얘기를 가지고 억울하다고 하세요 형님은, 자네는 가만히 있어, 아뇨 어디 가서 물어보시라고요, 멀쩡한 아들네가 왜 아버지 창고에 들어가 살아, 빤하게 보상 목적인 거지, 그렇지 않나요 다른 형님, 그렇지, 아들을 세입자로 올렸으면 너무 명백하게 보상 목적이지, 아니 이거 이야기 이상하게 돌아가네, 그럼 다른 사람들은 보상 목적 아닌가, 여기 앉은 사람들은 보상 목적이라곤 좆도 없었나, 너무가 뭐야 너무가, 이 사람들아 말해봐라, 그럼 너들은 아니었냐, 내가 보상 목적이면 너들은 보상 목적 아니었냐고, 하는 흐름으로 한순간 험악해졌다가 자, 자, 이러지 마시고 한잔, 하는 방식으로 다시 먹고 마시기가 이어져 밤도 계속된다.

개장 속에 개가 세 마리 남았다고 앨리시어의 동생이
말한다.

아저씨들이 지금 팥 먹냐.

…

형, 팥 먹냐.

팥 먹겠냐, 개 먹지.

어 개가 팥이야.

…

콩하고 보리는 있는데 팥이 없더라.

…

…

…

형.

…

나 얘기 하나만 해주라.

…

어?

소년이 있었다, 라고 앨리시어는 말한다.

소년의 이름은 앨리스.

…

…

그래서?

뭐?

앨리스 소년이 있었다고, 그래서?

앨리스 소년이 있었다. 소년 앨리스는 어느 마을에서 살았어. 되게 유명한 마을이었다. 뭐로 유명하냐면… 복숭아술이라고 해두자. 소년 앨리스는 복숭아술로 유명한 마을에 살고 있었다… 그 마을엔 나무 한 그루가 있었다. 그건 대단히, 대단히 큰 나무였다. 어느 정도로 크냐 하면… 나무 밑에 서 있잖아? 그럼 해가 보이지 않는 거다. 낮인데도 해가 보이지 않아. 해는 동쪽 나뭇가지 쪽으로 떠서 질 무렵에야 서쪽 나뭇가지 쪽으로 나타나는 거야. 달도 마찬가지다. 해도 달도 오로지 뜨고 질 때에만 볼 수 있는 거야. 소년 앨리스는 그 나무 아래에서, 해가 뜨고 달이 지는 것을 지켜보면서, 기다리고 있었던 거다.

뭐를?

뭐냐면… 뭔가 다른 일이 벌어지기를. 밤과 낮이 뒤집어지기를. 해가 저물고 밤이 되었다가 해가 뜨고 해가 저물어서 다시 밤이 되고 해가 뜨고… 날마다 지루하게 기다리고 있었다. 그래서 어느 날 토끼 한 마리가, 앨리스 소년의 발 근처를 휙, 지나갔을 때…

토끼?

어.

토끼냐?

어.

조개가 아닌 조개라거나, 그런 게 아니고 정말 토끼?

안 한다.

아니야.

…

계속해라.

…

계속해 형.

토끼가… 휙 지나갔을 때, 붉은 점퍼를 입고 회중시계를 들여다보며 늦었다, 늦었어, 하면서 앨리스 소년의

앞을 지나갔을 때, 앨리스 소년은 저거다, 라고 외치고
토끼를 따라 뛰었다. 토끼를 쫓아 달리고 달려서, 마침
내 토끼굴로 미끄러졌다가, 떨어지기 시작했다. 너 토
끼굴이 얼마나 길고 깊은지 아냐? 그건 진정 긴 굴이
었다. 앨리스 소년은 떨어지면서 다시 기다렸다.

뭐를?

바닥에 닿기를.

뭘 하려고?

그래야 다른 데 가지.

어어.

…

…

…

그래서, 닿았냐.

아직.

아직?

아직도 떨어지고, 여태 떨어지고 있는 거다. 상당히
어둡고 긴 굴속을 떨어지면서 앨리스 소년이 생각하
기를, 내가 생각하기에 나는 상당히 오래전에 토끼 한

마리를 쫓다가 굴속으로 떨어졌는데… 아무리 떨어
져도 바닥에 닿지를 않고 있네… 나는 다만, 떨어지고
있네… 떨어지고 떨어지고 떨어지고… 계속, 계속…
더는 토끼도 보이지 않는데 줄곧… 하고 생각하며 떨
어지고 있었던 거다. 언제고 바닥에 닿겠지, 이제 끝
나겠지, 생각하는데도 끝나지 않아서, 이게 안 끝나
네, 골똘하게 생각하며 떨어지고 있었던 거다.

…

…

그래서 어떻게 되냐.

뭐?

앨리스 새끼는 어떻게 되냐.

*

앨리시어는 오후에 문을 두드리는 소리를 들었다. 바
람이 많이 부는 날이었다. 처음엔 육중하고 둔탁한 무
언가가 바람에 떠밀려 문에 부딪히는 것 같은 소리였

다가 점차로 세게 문을 두드리는 소리로 바뀌었다. 앨리시어의 형이 활짝 열린 문 바깥에 서 있다. 해질 무렵의 고모리를 등지고 서서 그는 시뻘겋게 부은 얼굴로 앨리시어를 바라본다. 저게 무슨 생물일까, 라고 묻는 듯한 표정으로 한두 번 눈을 깜박이더니 현관으로 들어서서 숨을 몰아쉰다. 알코올 냄새가 난다. 앨리시어가 그를 마지막으로 보았을 때 그는 예전 집 마당에 서 있었다. 서너 해 전의 명절이었을 것이다. 그는 그때보다 살이 쪘고 건강해 보이지 않는 모습으로 비틀거리고 있다. 몹시 취해서 신발도 벗는 둥 마는 둥 거실로 올라와서 주저앉는다. 굵은 손가락들로 바닥을 짚은 채 고개를 떨구고 있다가 우렁이 같은 것을 무릎 앞에 토해두고 피유, 숨을 내쉰다. 아버지, 원숭이처럼 웅크리고 앉아서 그가 말한다.

자꾸 나한테 전화하지 마세요…

왜요…

…

왜 자꾸 오라고 하고, 들어와 살라고 하고, 자꾸 여기가 내 집이라고 그래요 아버지… 여기가 왜 내 집이냐… 보상 마무리되면 나는 내 몫 받고 아버지도 아버지 몫을 받고… 그러면 좋은 거고요 그거면 되는 거예요. 뭐라고요? 왜 그런 말씀을 하세요. 왜 이게 다 아버지 거예요? 아버지가 하라는 대로 이 집 짓는 돈, 제가 도왔잖아요. 저도 조금은 투자했잖아요. 아버지 몫… 내 몫… 이렇게 딱… 딱… 끝… 얼마나 좋아요. 그렇게 정산하면 얼마나 상쾌하냐고요. 그 정도면 된 거고요. 나한테 여기가 집이라고 강요하지 마세요. 나도 누나도… 아버지 사는 데로 들어올 생각 없고요. 누나나 나보다도 어린 여자… 저런 여자를 어머니라고 모실 수도 없고… 애새끼들도 너무… 징그러워요 아버지… 새끼들이 사람을 빤히 바라보고… 내 집이라고 하지 마세요. 자꾸 여기가 내 집이라고 하지 마시라니까요. 아버지는 아버지 인생 열심히 사셨잖아요. 집도 가정도 욕심껏 다 가졌으니까 그걸로 됐잖아요… 아버지는 아버지 것을 잘 꾸리고 살면 되는 거고요 그걸로 만족하고 사세요. 나는 내 버려두시고요. 난 아버지가 나한테 뭘 바라는지 모르

겠어… 진정하세요. 진정하시라고요… 자꾸 이러시
면 내가 그 얘기를 합니다. 아버지 내가 뉴질랜드에
서 공부할 때 도움을 주셨던가요? 나 공부하겠다고
했을 때 뭐라고 하셨어요? 공부하러 외국에 나가겠
다고 했을 때 뭐라고 하셨어요 아버지… 하나도 도와
줄 수 없다… 돈지랄이다…

…

그렇지 결국은 돈지랄이었지… 제가 뉴질랜드에서
요… 아주 돌아오지 않으려고 했는데요. 자격증을 따
서 셰프가 되면 그 나라 시민으로 그 나라에 있으려고
요. 무엇보다 자격증이 필요한 거였거든요. 그런데 그
걸 따려면 공부를 해야 하고 공부를 하려면 돈이 필요
하잖아요? 제가 그래서 거기 도착하자마자… 농장으
로 들어갔잖아요? 제가 그때 편지도 보내드렸잖아요.
안 읽으셨어요? 아버지는 안 읽으셨어요? 안 읽었겠
지… 내가 영어로 썼거든… 엿 좀 먹어보라고 내가…
아버지 영어 모르잖아… 영어 아세요 아버지? 디스
이즈 쏘… 디스 이즈 쏘오 뻐킹… 아버지 듣고 계세
요? 제 말 듣고 계시죠?

…

제가 농장에서요… 새벽 다섯시부터 오후 두시까지 일했거든요… 거기 농장은요, 아버지 같은 사람들은 상상하지도 못할 규모로 커요. 제가 거기서 딸기를 땄거든요? 딸기 따는 일은 거기서 할 수 있는 일 가운데 두번째로 힘든 일이었어요. 호박을 따는 일이 가장 힘들었고요. 왜냐고요? 호박은 무겁잖아요… 좆나게 무겁잖아요… 호박 따는 일은 그래서… 인기가 별로 없었거든요. 딸기 따는 일도 힘은 들죠. 종일 구부리고 쪼그린 채로 딸기를 따니까… 어지럽고 피곤하고… 피곤한데… 빨리 따지 않으면 다른 사람이 따버려서 내 양동이를 채울 수 없으니까… 빨리 따야 되는 거예요…

…

제가요 딸기를 따고… 따고… 따고… 따는 동안엔 쉬지 않고 딸기를… 씨발…

따는 거예요 그냥…
따고… 따고… 따다가… 블루베리 땄다가… 호박 땄

다가… 양털 깎았다가… 이 년 내내 좆같이 일했잖아요 내가요… 농장에서 농장으로 옮겨다니면서… 정말 죽자고 일했거든요. 그래가지고 제가 공부를 시작했거든요. 아버지 도움 한푼 없이 제가 거기서요… 학원 다니고… 요리사가 되려고요… 정말로 열심히 했는데… 첫번째 시험에 딱 떨어졌잖아… 워낙 어려운 시험이니까… 괜찮아, 다음에 성공하자… 그랬거든? 비자나 연장해두자… 그런 생각으로 건강검진을 받았는데 그게 딱…

딱…

B형간염 보균자로 판명된 거예요… 제가요…

이게 씨발 말이 되냐…

내가 요리사가 될 건데… 간을 보거나 맛을 봐야 할 건데… 언제 어디서 감염되었는지도 모르게 씨발 내 피… 내 침… 그 균이 우글우글하다는 거예요. 좆도 기분 더러워서…

어떻게 생각하세요 아버지… 나는 아무래도 아버지한테 그걸 받은 것 같아… 받을 게 없으니까 그런 거라도 받아야겠지… 안 그런가요 아버지? 내 말 듣고 계세요? 대디 유 히얼 미?

듣고 계시죠?

잘 들어보세요 아버지… 나는 그게 다… 하여튼 그게
다… 아버지에게서 비롯되었다고 믿어… 내 꿈… 내
가 될 수 있었는데… 내가 가질 수 있었는데… 그게
다 날아갔잖아… 그게 다 당신에게서 시작된 거야…
왜냐하면 당신 말고는 누구도 생각할 수 없으니까…
그런 걸로 내 인생에 영향을 줄 사람이 당신 말고 누
가 있겠냐… 뭐라고요? 뭐라고요? 크게 말해요… 크
게 말씀하시라고요 좋도…

그래요… 그럴 수도 있겠다. 내가 왜 그 생각을 못했
지… 어딘가 다른 곳에서 옮았을 수도 있어… 그게 꼭
아버지란 보장은 없지… 그런데 아버지… 그거 아세
요? 하필 그런 게 옮을 수밖에 없는 재수… 아이참…
그런 걸 내가 타고났다니까…

당신이 내 인생에 가까이 있으면 하여간 내가 재수가
없어…

그러니까 자꾸 나한테 전화하지 마세요… 자꾸 전화
해서 언제 들어오느냐고 묻지 마시라고요… 당신은

모르겠지… 내가 얼마나 절망했는지… 당신 자체가 내 인생에 얼마나 엿 같은 좌절감을 주었는지… 당신은 몰라… 평생 돈 모으고 집 짓고 젊은 부인 들여서 애새끼 낳는 것에나 힘쓰는 머슴 새끼… 당신은 가엾게도… 모를 거다.

*

앨리시어의 아버지가 텔레비전을 향해 앉아 있다. 그는 최근에 드라마에 빠졌다. 그가 특별한 향수를 간직하고 있는 독재 정권 시절의 이야기로, 아름다운 배우가 있고 그녀를 사랑하는 기획사 대표가 있고 정치에 입문하려는 남자가 있다. 여자 배우는 비련하고 기획사 대표는 순정하고 정치에 입문하려는 남자는 야비하다. 정계와 연예계를 오가는 서사에 실제 그 시절의 누구와 누구들이 실명으로 등장하는 그 드라마를 틀어두고 노인은 텔레비전을 향해 앉아 있다. 평소엔 듣겠다는 사람이 없어도 드라마에 등장하는 실존 인물에 관해 저 사람은 정말 저랬다, 그 사람은 그랬다, 당시엔 저랬다, 그리운 듯 설명하곤 했는데 이날은 말이 없다. 텔레비전 드라마로 스펙터클하게 전개되는 인물들의 삶을 고집스럽게 정지된 채로 바라본다. 텔레비전이 뿜어내는 역광으로 그의 뒤통수는 어둡고 마른 목덜미엔 윤기 한 점 없다.

드라마가 끝나도 그는 채널을 그대로 둔다. 광고가 몇 개 이어지고 아델리펭귄의 번식과 생태를 다루는 다큐멘터리 순서가 되었다. 펭귄들이 포탄처럼 바닷속을 뚫고 들어갔다가 나오는 광경을 물끄러미 보다가 그는 부엌으로 간다. 보리차를 한 잔 마시고, 개수대에 그릇이 쌓였다, 지저분하게 쌓였다고 불평하더니, 늙고 마른 새처럼 집안을 돌아다니며 이것저것 들추기 시작한다. 이층 청소를 제대로 하지 않았다, 이층이고 삼층이고 환기를 제대로 하지 않아 온 집안이 눅눅하다, 탁하고 가느다란 목소리로 시종 투덜대다가, 그릇을 닦는 데 사용하는 세제가 주방용이 아닌 다목적용인 것을 알아낸 뒤로는, 먹는 밥이 담기는 그릇을 여태 이걸로 닦았다는 말이냐, 도저히 그럴 수는 없는 것을 발견했다는 듯 목소리를 높인다. 아무도 그에게 대꾸하지 않자 그가 거실로 나와 두 발을 딱 벌리고 선다. 그의 후처와 두 아들이 숨을 죽이고 그를 지켜 본다. 고요한 가운데 그는 허공에 떠도는 날벌레 한 마리를 바라보는 것처럼 묘한 궤적으로 눈을 굴리며 서 있다가 외롭다, 라고 외친다.

아아.

…

뭐어! 이렇게 조용하냐!

앨리시어와 앨리시어의 동생이 지켜보는 가운데 그 는 마임을 하는 배우처럼 형광등 아래서 두 손으로 천 천히 머리를 쓸어올린다. 정수리 부근에 남은 머리칼 을 한 움큼 쥔 채로 고개를 숙이고 서 있다가 점차로 어깨를 들먹인다. 이 정도로 외로울 수가 있나. 그는 말하고, 부엌으로 들어가서 어딘가를 뒤적이더니, 손 에 뭔가를 쥐고 방으로 들어가서 문을 잠근다.

형.
형.

형, 아버지가 칼을 가지고 들어갔다, 라고 앨리시어의
동생이 더듬거리며 말한다. 앨리시어의 어머니가 잠
긴 문에 달라붙어 소란을 피우고 있다. 흰 팔을 늘어
뜨리고 문고리에 매달려 비명을 지른다. 그녀와, 어떻
게 좀 해보라고 소매를 당기는 동생의 곁에서, 앨리시
어는 가슴이 뛴다. 노인이 정말 칼을 가지고 들어갔는
지도 모른다고 생각한다. 그는 그것으로 목이나 배를
찌를 생각인지도 모른다. 정말 그렇게 할 작정인지도
모른다. 잠긴 문이 열리면 죽은 노인을 보게 될지도
모른다. 아니다. 아니다. 그는 다만 시험해보고 있는
지도 모른다. 바깥에 남은 사람들이 이제 어쩌나 보려
는 생각인 것이다. 그런 이유로 문을 잠그고 들어가
서, 문 안쪽에서, 귀를 대고 바깥의 사정을 자세하게
듣고 있는지도 모른다. 그렇게 생각은 하면서도, 앨리
시어의 어머니를 밀어내고, 문고리를 쥐고, 흔들고,
점차로 세게, 문을 두드리고, 흔들고, 발로 차고, 두드
리고, 어깨로 밀어서, 무슨 힘엔가 탱, 하며 잠금장치
가 풀려 마침내 문이 열렸을 때, 앨리시어는 앨리시어
의 노인이 보란듯 배를 드러내고 서서 깡통 따개의 짧

은 날로 배를 문지르고 있는 광경을 보게 된다.

배꼽 위쪽으로 짤막하게 세 줄의 흔적이 생겼다. 새끼 고양이를 억지로 잡아보았을 때라거나 금방 자른 손톱 모서리에 긁혔을 때 볼 수 있는 정도로 그다지 빨갛지 않다. 셔츠는 바닥에 팽개쳐두었고 속에 입는 러닝셔츠를 가슴 위로 말아올린 모습으로 노인은 탄력 없는 배를 드러내고 있다. 그는 부들부들 떨며 다시 한번 깡통 따개로 배를 긋고, 방금 그은 자리를 손바닥으로 더듬어 피가 배었는지 확인한다. 앨리시어는 방으로 뛰어드는 앨리시어의 어머니에게 밀려 앞뒤로 흔들렸다가, 소란을 작정한 듯 노인의 팔에 울며 매달리는 그녀와, 동생을 내버려두고 집을 나선다.

밤이다.

굉장하게 까만 밤이다. 입김을 뿜으며 앨리시어는 걷는다. 이 밤엔 달이 떴다. 서쪽으로 높이, 조그맣게 웃는 입처럼 오로지 달이 떴다. 운동화 바닥이 차가운 흙바닥을 긁고 냉기에 빳빳해진 옷감이 서로 쓸려 한 걸음 한 걸음 씨발, 소리를 듣는 듯하다. 씨발, 씨발.

씨발.

걸음은 빠르게 숨은 느리게, 앨리시어는 나아간다. 앨리시어의 아버지에 대해서는 걱정하지 않는다. 그는 멀쩡할 것이다. 배꼽 위쪽의 흔적들은 오늘이고 내일이고 사라질 것이다. 그는 아프지도 않을 것이다. 흥분이 가라앉은 뒤엔 깡통 따개의 날에 녹이 슬었다는 점을 깊이 우려할 것이고 미처 보지 못한 상처는 없는지 곰곰 배를 내려다보며 몇 번이고 손가락으로 더듬어볼 것이다. 그는 파상풍을 염려하며 여러 개의 서랍을 뒤질 것이다. 소염제나 항생제, 둘 가운데 적당한 것을 골라 먹고 잠들 것이다. 오늘밤은 그렇게 갈 것이다. 내일 밤도 그렇게 갈 것이다. 앨리시어의 아버지도 어머니도 무사하게 오래도록, 천수를 다 누릴 것이다.

앨리시어는 컴컴한 고물상 마당으로 들어섰다가 고미의 할머니를 밟는다. 그녀가 바닥에 엎드려 있다. 앉은 채로 하반신을 바닥에 끌고 다닌 듯 바지가 벗겨져 엉덩이가 절반쯤 드러났다. 활짝 열린 현관에서 번져나온 빛이 검은 바닥에 번져 있고 그 빛 속에 그녀의 더러워진 맨발이 있다. 고미의 비밀 서랍에서 본 적 있는 옷감이 그녀의 오른쪽 발꿈치 아래 짓눌려 있다. 점점이 흩어진 옷가지와 내던져진 고철 덩어리들을 지나 앨리시어는 집안으로 들어간다. 정신 나간 기계 인간 같은 것이 미친듯이 부품을 흘리며 옷을 벗고 지나간 것처럼 보이는 흔적을 따라, 운동화를 신은 채로, 고미의 방으로 간다. 고물상 주인이 고미의 멱살을 쥐고 있다. 고미는 그의 팔에 대롱 매달린 형태로 발을 버둥거리고 있다. 눈 아래 피부가 찢어져 검붉은 피가 맺혔고 땀이 밴 머리칼이 두피에 달라붙었다. 앨리시어는 고물상 주인의 등에 매달린다. 고물상 주인은 단 한 번 몸을 흔들어 앨리시어를 떨쳐낸다. 바닥으로 내던져진 앨리시어는 방을 한 바퀴 돌아보고 고물상 마당으로 나간다. 잡히는 대로 막대 하나를 빼들고 고미의 방으로 돌아가서, 커다란 등짝을 향해 한 번, 두 번, 내리쳐서 그를 쓰러뜨린다. 신음하는 그의 가슴과 옆구리와 둔부에 발과 주먹을 마구 먹인다. 앨리시어의 무력은 한 방 한 방 성공적이고도 효과적으로 상대방을 무력하게 만든다. 주먹이 한차례 얼얼해

질 때마다 오렌지색 탄산에 말려든 것처럼 눈 속이 짜릿하다. 개새끼야, 하고 앨리시어는 말한다. 개새끼들아, 너희는 좆같다, 너무 좆같다. 검지나 중지 어디쯤에서 관절이 뻑, 소리를 내지만 앨리시어는 자신이 휘두르는 물리력에 강렬하게 도취되어 아픔을 느끼지 못한다. 그는 돌진하고 돌진한다. 그에게 마침내 패배란 없다.

*

개가 논둑에 있다. 달빛을 받고 조금 부풀었다. 갈비뼈의 윤곽이 보인다. 뼈와 뼈 사이, 가죽이 꺼진 곳에 검은 그림자가 졌다. 머리의 형태가 있고 귀도 그대로 있다. 개는 거기서 그냥 잠든 것처럼 보인다. 아침이 되어 햇빛을 받으면 아주 마른 개로 깨어날지도 모르겠다. 갈비뼈를 떨고 흙속에 가라앉은 발을 구부렸다 펴고 머리를 흔든 뒤 혀를 내밀고 입김을 뿜을지 모른다. 하지만 죽었다. 육 개월 전이었을 것이다. 일 년이나 그보다 더 전인지도 모른다. 언제 죽었는지 모르게 그 자리에 나타난 그는 절대로 없어지지 않는다. 미라처럼 바싹 말랐다가도 다시 부풀어 네 개의 다리를 들어올리곤 하면서 그는 계속 그 자리에 있다. 앨리시어는 그를 통해 꿈을 알아본다. 꿈이라는 것을 알아본다. 반복되는 꿈. 이 개는 달과 같다. 그 자리에서 부풀고 가라앉는다. 숨을 쉬는 것이다. 달처럼 차고 비면서 말이다.

앨리시어는 빈집에 있다. 남의 집에 숨어들어 밤이 가기를 기다린다. 고미가 그의 곁에 있다. 차가운 벽에 등을 대고 나란히 앉아서 맞은편 벽을 바라본다. 벽지를 뜯어내고 시멘트를 드러낸 벽에 달빛이 번졌다. 한 줄기 번개처럼 벽을 가로지르고 있는 균열이 보인다. 앨리시어는 그것을 바라보며 조금 전을 생각한다. 막대를 쥐었던 손이 저릿저릿하다. 부었지만 이 정도를 아프다고 말할 수는 없다. 그보다 다른 것에 집중한다. 타인의 몸을 때리는 것, 그 맛, 타력에 팔뚝뼈가 진동하고 어깨가 묵직해지던 순간을 반복해서 생각한다. 할머니가 자신의 방을 뒤졌다고 고미는 말한다. 숨겨둔 옷들을 전부 끌어내는 바람에 들켰다고 중얼거린다.

나더러 변태 새끼랬거든?

…

나는 변태 새끼고 아버지는 뭐냐, 사기꾼이냐?

…

그랬더니 지랄 발광.

…

죽었을까.

…

우리 아버지는 사기를 친다.

…

무게를 속인다, 노인들 상대로.

…

이백팔십이 나와도, 이백삼십이 나와도, 이백으로 계산한다.

…

백구십을 이백으로 계산하는 것도 아니면서.

…

나쁜 게 뭔지 아냐? 사람 봐가면서 그런다는 거야. 좀 쉬워 보이거나, 속는 줄 알아도 다른 데 가기 어려운 사람들한테만 그런다.

…

그런데 말이다.

…

노인들도 속인다, 우리 아버지 상대로.

…

웃기지 않냐?

나는 고물상은 절대로 하지 않을 거다. 그램 단위랑 십원 단위로 눈속임하는 노인들하고 싸울 자신이 없다. 고물 실은 수레를 보행기 삼아서, 그게 없으면 제대로 걷지 못하는 노인들이 와서 더 받아가려고 눈을 이렇게 뜨는 광경을 생각해봐라. 우리 아버지는 또 그런 사람들을 귀신같이 속인다. 이건 뭐랄까…

…

…

…

나는 고물상이란 다 그런 분위기라고 생각했거든. 그런데 그렇지도 않더라.

…

어떤 할머니가 고물값 받아가면서, 저 너머 고물상은 친절한데 여기는 사람을 뭣같이 대한다고 불평하는 거야. 그래서 내가 가봤다. 할머니가 얘기한 그 고물상에. 아저씨하고 아줌마가 주인이더라.

…

친절하더라.

…

고물 가져온 노인들한테 어르신, 하고 부르면서 수고하셨다, 고맙다고 말하고… 고물도 소중하게 다루는 것 같더라.

…

고물값 매길 때, 고물을 막 다루면, 그걸 지켜보는 노인들 얼굴이 어떻게 되는지 너 아냐? 그 사람들, 자기들이 그런 얼굴을 하고 있는지도 모를 거다. 그게 어떤 얼굴이냐 하면… 아 설명을 잘 못하겠네… 그건 그

냥… 다 털리는 느낌? 전쟁 때, 되게 긴 전쟁 때, 사람
들이 할 것 같은, 그런 얼굴?

…

그런데 그 고물상엔 말이지, 그런 게 있었다. 그런
거… 그런 게 있었어. 우리 고물상하고 그 고물상하고
결정적으로 다른 거.

…

나는 말이지, 나중에 그렇게 할 거다.

…

꼭 그렇게 할 거라고.

뭐를?

그 고물상처럼.

고물상을 하겠다고?

뭐?

…

…

…

죽었을까.

…

우리 아버지, 죽었을까.

*

날이 밝기 전에 고미는 집으로 돌아가겠다고 말한다. 그는 아버지를 걱정한다. 아버지는 괜찮을까. 피를 흘리지는 않았을까. 고물상 마당엔 불이 켜져 있다. 고미는 불안한 기색으로 집 쪽을 살핀 뒤 아버지가 무사하다면 여러 번 팔을 흔들고 무사하지 않다면 팔을 흔들지 않고 그냥 창가에 서 있기로 하고 안으로 들어간다. 앨리시어는 고물상 입구에서 기다린다. 발로 바닥을 긁으며 이따금 머리를 들어 창을 확인한다. 고미가 창가에 나타나 팔을 흔들고 있다. 한 번, 두 번, 세 번. 그의 아버지는 무사하다. 한 번, 두 번, 세 번. 우리 아버지는 무사해. 불빛을 등지고 서 있어서 얼굴 표정은 확인할 수 없지만 아버지가 무사해서 고미는 기뻐 보인다. 앨리시어도 팔을 흔들어 보인다. 괜찮다. 다음에 아버지가 다시 때리면 내가 때려줄게. 내가 때려서 다시는 때리지 않게 만들어줄게.

이제 앨리시어는 집으로 돌아간다. 멀리 앨리시어의 집이 보인다. 개장도 있고 집도 그대로 있다. 흐릿한 밤 속에 검고 선명한 덩어리로 솟아 있다. 잠겨 있을 지도 모른다고 생각했는데 현관은 간단하게 열린다. 집안에 있는 사람들은 모두 잠들었다. 그들의 숨소리가 들리고 그들의 냄새가 난다. 운동화를 벗고 어둠 속을 더듬어 방으로 들어간다. 손가락이 얼얼하고 머리도 얼얼하다. 차갑게 식은 몸으로 바닥에 눕는다. 꿈도 없이 짤막한 잠을 자고 새벽녘 정적 속에서 눈을 뜬다. 높다란 천장이 눈에 들어온다. 이제 곧 날이 밝을 것이다. 앨리시어는 부은 손가락들을 가슴에 올리고 눈을 깜박인다.

눈을 뜨기 직전에 무슨 소리인가를 들었다고 생각한다.

픽, 하고 눈꺼풀이 벌어지는 소리, 뼛속의 성장판이 끓는 소리. 그 소리와도 같은 소리.

목이 마르다.

앨리시어는 부엌에서 바닥에 남은 자국을 본다.

가늘게 떨리는 형광등 불빛 속에 검붉은 빛깔로 보인다. 엄지발가락과 검지발가락 쪽으로 체중이 실린 발바닥 모양의 핏자국이다. 거실 쪽으로 점점이 이어지다가 사방으로 어지럽게 흩어지다가 안방 문 앞에서 길게 미끄러지고 다시 거실로, 점차로 엷어지며 산발적으로, 사라져가는 패턴을 이루고 있다. 앨리시어는 안방을 들여다본다. 나란히 뻗은 네 개의 발 가운데 가느다란 발에 감긴 붕대를 확인한다. 앨리시어의 어머니가 발을 다쳤다. 아마도 그럴 것이다. 그녀는 잠들었다. 숨소리가 들린다. 앨리시어는 문에서 멀어져 방으로 돌아온다. 밤은 갈 것이다. 아침이 되면 해가 뜨고 지난밤 서리에 젖었던 외벽이 마를 것이다. 피는 닦일 것이고 상처는 아물 것이고 다 자란 새끼 두 마리와 더불어 개장에 남은 개는 어제처럼 개장 속을 오갈 것이다. 내일은 어제와 같지만 어제와는 다를 것이다. 세계의 귀퉁이가 약간 뒤집혔고 점차로 더 뒤집힐 것이다. 앨리시어는 이제 그것을 안다. 밤이 마저 지나가기를 기다릴 작정으로 누웠다가 도로 일어난다. 이 방에 이상한 점이 있다는 것을 깨닫는다. 방이 낯설다. 혼자뿐이다. 이 방에 혼자 있다.

동생이 없다는 것을 깨닫는다.

그는 어디에 있나.

서쪽 내벽을 따라 나선형으로 이어지는 좁은 계단을 통해 이층으로 올라간다. 이곳은 누나가 사용하기로 한 공간이다. 누나는 이곳에 구두 몇 켤레와 서랍장과 결혼사진을 가져다두었다.

그는 어디에 있나.

천장에 고인 물방울을 터뜨리며 놀던 곳에도 그는 없다.

앨리시어는 삼층으로 올라가서 수족관 앞에 선다. 장남의 것이다. 절반 넘게 물이 줄어 플라스틱 수초들이 물 밖으로 노출되어 있다. 어미의 배를 갓 뚫고 나온 새끼들을 성어로부터 격리시키는 데 사용되는 부화실이 수족관 가장자리에 걸려 있다. 부화실도 수족관도 비었다. 이 수족관엔 물고기가 살지 않는다. 물과 조개껍데기와 인공 수초뿐이다. 부화실 벽에 치어가 달라붙었다가 마른 흔적이 있다. 손톱보다도 짧은 척삭과, 달라붙은 채로 말라버린 조그만 꼬리지느러미의 흔적이다. 투명한 화석처럼 보인다. 앨리시어는 수조에 손을 넣고 부화실 벽에 달라붙은 꼬리지느러미를 손톱으로 긁어본다. 지이, 하며 산소 발생기가 작동한다. 앨리시어는 야트막한 수면을 향해 보글보글 솟는 기포를 바라본다.

그 밤에 고모리엔 사건이 하나 있었다.

수년간의 공사를 한 해 전에 마무리하고 가동중이던 하수처리장에 문제가 생겼다.

하청에 하청을 거듭한 형태로 이루어진 증축 과정에서 미심쩍게 마감되었던 모서리를 통해 메탄가스가 샜다. 농축된 하수에서 발생된 메탄가스는 한계에 이를 때까지 밸브에 고였다가 폭발했다. 본래의 경로라면 저수조에 고였을 다량의 하수가 파열된 틈으로 몇시간이고 유출되었다. 하수처리장 동쪽 사면을 타고

넘은 하수와 오니토는 인근의 골목과 담장을 적시고 처리장에 접한 고속도로 공사장으로 흘렀다. 이른새벽이었고 주말이었다. 끝내 비밀에 부쳐진 내부 사정으로 수습은 지연되었고, 고모리 일대는 악취에 잠겼다. 이날의 사건은 인명 피해나 가시적인 재산 손괴는 발생되지 않은 사고로 아침 뉴스에 짤막하게 보도되었다. 사고 원인은 관리 소홀과 부실시공이었다. 날이 밝은 뒤에는 유출이 멈추었고 그날이 다 가기 전에 처리장도 정상 가동되었다. 그러나 수십 톤의 하수를 빨아들인 고모리의 흙은 며칠을 두고 냄새를 풍겼다.

앨리시어의 동생은 고속도로 쪽으로 무너지듯 쓸려나간 모래 무더기 속에서 발견되었다.

만능굴착기로 하수에 젖은 모래를 퍼내던 인부가 그를 발견했다.

검은 모래 밖으로 솟은 팔뚝을 말이다.

그 밤에 고모리엔 사건이 하나 더 있었다.

앨리시어의 어머니가 못을 밟았다.

흔하게 집에서 발견되는 방식으로, 발에 박혔고, 긴

못이라서, 약지에서 발등 쪽으로 뚫고 나왔다. 출혈을 목격하고 그녀는 흥분했을 것이다. 씨발이 전개되고도 남았을 것이다. 앨리시어의 동생은 그 직전이나 직후 집을 빠져나왔을 것이다. 그는 먼저 집을 나선 형을 찾아가려 했을 것이다. 앨리시어에게도 그에게도 갈 곳은 뻔했으므로 일단 고물상에 가보았을 것이다. 그는 그곳에서 형을 찾지 못했다. 그때쯤 정신을 차린 고물상 주인에게 해코지를 당했는지도 모른다. 그는 갈 곳이 없었을 것이다. 어쩌면 집으로 돌아가서, 들어가지는 못하고, 주변을 맴돌았는지도 모른다. 혼자서 밤을 견디는 것은 어려워 개장에서 개를 한 마리 끌어냈을 것이다. 보리야, 밤 산책이다.

뛸까, 하며 개를 데리고 뛰었는지도 모른다.

어미 개와 더불어 개장 속에 남은 개가 콩인지 보리인지 앨리시어는 알 수 없다.

그 밤 이후로 돌아오지 않았고 사체로도 발견되지 않은 쪽은 보리일까 콩일까.

개는 그냥 별개로 개장을 탈출했는지도 모른다.

추웠을 것이다.

그래서 달렸는지도 모른다.

느슨하게 퍼져나간 집들을 지나 마을 중심을 지나고 하수처리장으로 연결된 두 가닥의 굵은 파이프를 따라 달리다가 처리장 인근의 고속도로 공사장으로 접어들었을 것이다. 모래 무더기들이 삼층 건물 높이로 쌓인 것을 보았을 것이다. 야간 조명을 받은 사면들이 겹으로 이어진 광경은 다른 세상과도 같았을 것이다. 피라미드처럼 쌓인 모래언덕들을 향해 그는 돌진했을 것이다. 가속으로 가볍고 뜨거워져 한 발의 탄환처럼 달리고 달렸을 것이다. 이때쯤엔 씨발년이고 뭐고 몰랐을 것이다. 이얏, 하며 어느 만만한 사면을 전속력으로 올라갔다가, 반대쪽 경사면이 예상보다 깊어, 정점에서 발을 내밀자마자 바닥을 향해 굴렀을 것이다. 모래 위에 기세 좋게 꽂혔다면 잠깐이나마 정신을 잃었을지 모른다. 눈을 떴을 때쯤엔 몸이 싸늘했을 것이다. 땀에 젖었던 옷은 살얼음처럼 살갗에 달라붙었을 것이다. 구덩이 중심에서 그는 사방의 가파른 경사면을 올려다보았을 것이다. 처음엔 대수롭지 않게 경사면을 오르려 했을 것이다. 모래는 그의 발밑에서 그의 기척을 흡수하며 폭신하게 무너졌을 것이다. 두 발로 오르고 네 발로 올라도 흘러내리는 모래를 따라 그는 줄곧 흘러내렸을 것이다. 당혹감과 추위로 움직임은 굳었을 것이고 굳은 몸으로 움직이다보니 더욱 지쳤을 것이다. 그는 기진맥진한 채로 구덩이 속에서 밤을 보았을 것이다. 구덩이 속보다 밝은 밤을 향해 뭐라고 한두 마디 말했는지도 모른다.

아침이 되어 공사장에 사람들이 돌아오기를 기다려보자고 그는 생각했을지 모른다. 잠들었는지도 모르겠다. 하수와 오니토가 소리 없이 모래언덕을 무너뜨리기 시작했을 때, 그는 명료한 의식 속에서 혹은 잠속에서… 누가 알겠는가. 앨리시어는 알 수 없다. 영원히 알 수 없게 되었다. 그가 그 순간에 추웠는지 어땠는지, 괴로웠는지 평온했는지 어땠는지를 아는 것은 오직 그 자신뿐이고 이제 앨리시어는 그것을 알 방법이 없게 되었다.

질식사였다. 기도에 끈적끈적한 모래가 가득해 오니 토 속에 묻힌 뒤로도 얼마간 숨쉬려고 노력했다는 결과가 나왔다. 모래에 눌린 가느다란 뼈들에서 골절이 발견되었고 그 밖에 도저히 사고의 영향이라고는 볼 수 없는 멍과 긁힌 자국들이 발견되었다. 하수처리장 사고 이후 사흘이나 지난 시점에서 발견된, 구타 흔적으로 가득한 어린아이의 사체에 관해 세상은 할말이 많은 듯 보였다. 그는 왜 그곳에 있었을까. 그의 사체는 왜 그곳에서 발견되었을까. 경찰들이 앨리시어의 노인의 집을 들락거린 뒤로는 앨리시어의 아버지가 자주 시청하는 채널에서 기자들이 나와 고모리를 촬영해갔다. 앨리시어는 텔레비전 프로그램을 통해 고모리 이웃들의 윤곽을 보았다. 부옇게 처리되거나 모자이크로 조각난 얼굴을 하고 그들은 조심스럽게 말했다. 몰랐다⋯ 그 집하고 간격이 멀어 우리집에서는 아무런 소리도 듣지 못했다⋯ 알았는데 남의 집 사정이라 개입할 수 없었다⋯ 그 집 애엄마가 평소에도 사람이 유난하고 쉽지 않아서⋯ 애들이 좀 덜떨어졌다⋯ 그 정도 체벌은 부모 입장에서 솔직히 있을 수도 있는 것 아니냐… 학대… 이 마을엔 그런 거 없다…
끔찍한 모성, 상습적인 구타, 가족의 무관심, 비정한
이웃, 우리 사회의 단면, 기타 기타의 평가와 비난이
앨리시어의 집을 중심으로 고모리 일대에 쏟아졌으
나 소낙비처럼 한순간이었다. 그리고 잠잠해진 무렵
에 앨리시어의 누나와 그녀의 남편이 앨리시어의 아
버지를 방문했다. 어색한 침묵과 어색한 대화로 시간
을 보내다가 마지막 순간에 사고 보상금을 묻고 할말
이 남았다는 얼굴을 하고 돌아갔으니 그들은 조만간
다시 올 것이다.

앨리시어의 어머니는 짐승처럼 운다.

매일 매일 매일 매일.

매일.

그녀는 먹지 않고, 멍하고, 문득 몸서리치고, 울고, 토
하고, 얼굴을 바닥에 짓누르며 엎드리고, 잠들고, 잠꼬
대로 죽은 사람들과 대화하고, 깨어난 뒤로는 흐느적
거리고, 아무렇게나 걷고, 머리를 쥐어뜯고, 자기 목과
귀를 할퀴고, 어린애처럼 발을 벌리고 앉아서, 다른 이

들을 압도하며 슬퍼한다. 앨리시어는 입을 다물고 그녀를 지켜본다. 그녀의 압도적인 발성 곁에서는 입을 다물 수밖에 없다. 놀라운가. 그녀를 보며 생각한다. 전혀 놀랍지 않다. 지금 그녀는 가장 그녀답다.

그리고 그녀는 고통스러워 보인다. 그 고통은 가짜일까. 가짜라고 말할 수 있나.

앨리시어는 새벽에 집을 나섰다. 운동화를 신고 계단을 내려와서 마당에 섰다. 개장을 한번 돌아보고 집 앞을 떠나 낡은 골목들을 통해 고모리를 관통했다. 일출 전이었고 그 시각 고모리는 고요했다. 고물상은 문을 닫았다. 그날 밤 이후로 고물상 주인은 아들을 어딘가로 보냈고 녹슨 철문에 자물쇠와 사슬을 감아두었다. 그걸로 끝이었다. 앨리시어는 고모리 입구에서 개활지로 접어들었다. 고모리와 개활지 일대에 새롭게 들어서게 될 대규모 주거 단지의 건축 준비로 갓길엔 차단막이 설치되어 있었다. 앨리시어는 긴 담벼락처럼 이어진 차단막을 오른쪽에 두고 걸었다. 트럭, 버스, 승용차 들이 굉음을 내며 곁을 스쳐갔다. 앨리시어는 그들을 앞서 보내고 꼬리처럼 번화가에 당도했다. 전화박스를 지나고 버스 정거장들을 지나 피자 체인점과 디지털프라자 사이의 골목으로 들어서서 동생이 이름을 새겼던 머릿돌을 내려다보았다.
그는 여기까지 혼자 왔었다고 말했다.

그 이름, 빗물과 먼지에 씻겨 이미 그 자리에 없다.

再, 外

오래전 길에서 만난 사람에게 나무 이야기를 들려준 적이 있다.

커다란 나무와 앨리스 소년에 관해서.

앨리스 소년은 그 나무 아래에서, 해가 뜨고 달이 지는 것을 지켜보면서, 기다리고 있었던 거다.

가만히 그 이야기를 듣고 있던 남자는 나무 바깥으로 나가면 되지, 라고 말했다. 모든 일은 그 새끼가 나무 아래 서 있기를 고집했기 때문 아닐까? 나무 바깥으로 나가면 상황 끝, 오케이?

그렇구나.

그렇구나, 하고 앨리시어는 생각을 해보았다. 앨리스 소년이 서쪽 나뭇가지가 있는 방향으로 걸어 마침내 나무의 영역을 벗어나는 광경을 말이다. 그건 왠지 아름다운 석양이 있고 따뜻한 바람이 부는 광경이다. 뒤를 돌아보자 거대한 나무가 미풍에 조용히 흔들리고 있다. 앨리스 소년은 마침내 나무에서 떨어져 나무와 무관한 장소에서 나무의 형태를 찬찬히 살펴보게 될 것이다.

하지만 그건 마치 갤럭시와도 같은 대답.

횡단보도의 신호가 바뀌고 사방에서 사방으로 사람들이 길을 건넌다.

앨리시어는 이 거리에 있다. 많은 날들을 잊었지만 기억하고 있는 것은 여전히 기억하는 채로 이 거리에 머물고 거리에서 잠들고 먹고 마신다. 거리의 딱딱하고 차가운 모서리들에 닿아 골격은 비틀어졌고 아무렇게나 옷을 주워 입고 무감한 얼굴로 거리를 떠돈다. 그는 어느 날 우연하게 유리 진열장에 비친 자기 모습을 보고 여성의 복장을 하고 있는 것을 깨닫는다. 진열장에 비친 그 얼굴은 누구보다도 오래전 그의 어머니와 닮았다. 비딱한 골격 위에 솟은 조그만 얼굴이 말이다. 웃음이 터질 정도로 닮았다. 그는 만면에 웃음을 띠고 그 얼굴을 들여다본다. 앨리시어는 씨발년이다.

씨발년으로 이 거리에 서 있다.

개들은 어떻게 되었을까.

아파트엔 개장을 넣을 만한 공간이 없을 것이다. 그들은 진작에 개들을 없앴을 것이다. 개들은 인간의 똥 같은 똥을 싸고 인간은 그런 것을 견디지 못하니까 말이다. 어쩌면 먹혔을 것이고 어쨌거나 이미 죽었을 것이다. 벼들이 새파랗게 흔들리던 논도 사라졌고 은행나무도 사라졌다. 고모리는 이제 없다. 더는 그것에 관해 말하는 사람도 없고 그곳의 구덩이에 묻혀 죽은 소년에 관해 말하는 사람도 없다. 오래전의 일이다. 그러나 그대는 앨리시어가 걷는 것을 보게 될 것이다. 불시에 앨리시어의 냄새를 맡게 될 것이다. 담배를 찾으려고 주머니를 뒤지다가 떨어진 동전을 주우려고 허리를 굽히다가 펼쳤던 우산을 접다가 누군가의 농담에 웃음을 터뜨리다가 연인의 팔에 다정하게 팔을 걸다가 비를 피하려고 차양 아래로 들어섰다가 방금 산 복권 한 장을 지갑에 넣다가 이제 막 지나가려는 버스를 향해 뛰다가 앨리시어의 체취를 맡을 것이다. 그대는 얼굴을 찡그린다. 불쾌해지는 것이다. 앨리시어는 이 불쾌함이 사랑스럽다. 그대의 무방비한 점막에 앨리시어는 달라붙는다. 앨리시어는 그렇게 하려고 존재한다. 다른 이유는 없다. 그대가 먹고 잠드는 이 거리에 이제 앨리시어도 있는 것이다. 그대는 그것이 자연스럽다고 말할까. 앨리시어라는 것은 잠시에 불과하다고 말할까. 앨리시어의 냄새, 앨리시어의 복장, 앨리시어의 궤적 모두, 언제고 지나갈 것이라고 말할까. 조만간 사라질 것이라고, 앨리시어도 그의 이야기도, 결국은 다른 모든 것들처럼 사라질 것이라고 말할까.

앨리시어도 그대처럼 이 거리 어딘가에서 꿈을 꾼다. 담요, 마분지들, 스티로폼 접시, 음식을 쌌던 종이 뭉치들, 언제든 버리고 떠날 수 있도록 가벼운 것들이 모인 모퉁이에서 즉시 꿈으로 떨어지고는 한다. 고모리라는 구덩이로 말이다. 소년이 있었다, 라고 앨리시어는 말한다. 소년의 이름은 앨리스. 바다에도 닿지 못하고 토끼굴 속을 빙글빙글, 언제까지고 떨어지고 있는 앨리스 소년에 관한 이야기를 이어간다.

소년이 있었다, 라고 앨리시어는 말한다.

소년의 이름은 앨리스.

…

야.

…

야.

앨리시어는 그의 동생을 야, 라고 부른다. 그대에게 그 이름을 말하고 싶어도 말할 수 없다.

여태 노력했으나 그 이름 여태 말할 수 없다.

차라리 이것이다.

앨리시어의 실패와 패배의 기록이다.

그대는 어디에 있나.

이제 그대의 차례가 되었다. 이것을 기록할 단 한 사람인 그대, 그대는 어디까지 왔나.

이것을 어디까지 들었나.

이것을 기록했나. 마침내 여기까지, 기록했나.

앨리시어가 그대를 기다린다.

그대가 옳다.

모든 것은 지나갈 것이다.

다시 한번 그대가 옳다.

그대와 나의 이야기는 언제고 끝날 것이다.

그러나 그것은 천천히 올 것이고, 그대와 나는 고통스러울 것이다. ■

개정판 작가의 말

나는 어떤 꿈을 반복해 꾼다. 캄캄한 방에 불을 켜려고 애쓰는 꿈이다. 어두운 벽을 더듬어 스위치를 누르지만 불은 들어오지 않는다. 불을 켜려고 애쓰면서 나는 이게 꿈이고 죽음이고 기억이라고 생각한다. 생각한다기보다는 그걸 그냥 안다. 이 방은 이대로 어두울 것이고 나는 여기 남을 것이다. 그렇게 겁에 질려 부질없이 불을 켜려고 애쓰는 꿈을 나는 오래전부터 반복해 꾸었다. 기회가 있을 때마다 이 꿈을 말하고 다녔다. 꿈이라고 말하면 덜 두려울 것이고 그래야 거기로 돌아가지 않을 것 같았다. 앨리스씨 이야기도 그래서 썼다.

너는 이게 무슨 이야기인지 알 것이다.

내가 오로지 너를 생각하며 이 소설을 썼으니까.

십 년 전에 나는 너의 이름을 말하지 못했다.

지금이라고 다르지는 않다.

너는 여전히 이름 대신 어떤 얼굴이다. 어떤 표정이고 순간이고 온도며 어떤 파편이고 피멍이자 그 아래 작열통이다. 나는 이게 다 무슨 이야기인지 누가 설명하지 않아도 바로 알아볼 너를 생각하면서

너의 이름 대신,

단 한 사람 그대를 호명해 목격자를 여기 모으고 싶었다.

사람들이 나를 욕하겠지만 내가 왜 그렇게 했는지를 너는 알 것이다.

*

십 년 전에 쓴 글 속에 고쳐야 할 말이 더러 있었지만 고칠 수 있는 말은 많지 않았다. 특히 '병신'이라는 말을 대신할 다른 말을 고민했으나 그대로 두었다. 앨리시어 형제의 대화에서 그 말을 뺄 수가 없었다. 앨리시어 형제에게 한줌이라도 야만이 있다면 그건 나를 포함한 어른들의 야만에서 왔을 테니 그 기록이라고 생각해주시기를.

2023년 10월, 다시 십 년 뒤를 생각하며

황정은

문학동네 장편소설
야만적인 앨리스씨
ⓒ황정은 2023

1판 1쇄 2013년 10월 30일
1판 13쇄 2021년 10월 12일
2판 1쇄 2023년 10월 30일

지은이 황정은
책임편집 김내리 | 편집 오윤
디자인 윤종윤 유현아 | 저작권 박지영 형소진 최은진 서연주 오서영
마케팅 정민호 서지화 한민아 이민경 안남영 왕지경 황승현 김혜원 김하연
브랜딩 함유지 함근아 고보미 박민재 김희숙 정승민 배진성
제작 강신은 김동욱 이순호 | 제작처 천광인쇄사(인쇄) 경일제책사(제본)

펴낸곳 (주)문학동네 | 펴낸이 김소영
출판등록 1993년 10월 22일 제2003-000045호
주소 10881 경기도 파주시 회동길 210
전자우편 editor@munhak.com | 대표전화 031)955-8888 | 팩스 031)955-8855
문의전화 031)955-2696(마케팅) 031)955-8864(편집)
문학동네카페 http://cafe.naver.com/mhdn
인스타그램 @munhakdongne | 트위터 @munhakdongne
북클럽문학동네 http://bookclubmunhak.com

ISBN 978-89-546-9622-7 03810

www.munhak.com